T0258402

La dimensión
desconocida

NONA FERNÁNDEZ
La dimensión desconocida

RANDOM HOUSE

Papel certificado por el Forest Stewardship Council®

Penguin
Random House
Grupo Editorial

Primera edición: mayo de 2017
Octava reimpresión: junio de 2024

© 2016, Nona Fernández
© 2016, Penguin Random House Grupo Editorial, S. A., Santiago de Chile
© 2017, Penguin Random House Grupo Editorial, S. A. U., Barcelona

La escritura de esta novela ha sido financiada por el
Fondo Nacional de Fomento del Libro y la Lectura, Convocatoria 2016.

Printed in Spain – Impreso en España

ISBN: 978-84-397-3280-8
Depósito legal: B-6.473-2017

Impreso en Arteos Digital, S. L.

RH 3 2 8 0 B

Para M, D y P,
mis letras fundamentales

Más allá de lo conocido hay otra dimensión.
Usted acaba de atravesar el umbral.

THE TWILIGHT ZONE

Imagino y hago testimoniar a los viejos árboles,
al cemento que sostiene mis pies,
al aire que circula pesado y no abandona este paisaje.

Imagino y completo los relatos truncos,
rearmo los cuentos a medias.

Imagino y puedo resucitar las huellas de la balacera.

ZONA DE INGRESO

Lo imagino caminando por una calle del centro. Un hombre alto, delgado, de pelo negro, con unos bigotes gruesos y oscuros. En su mano izquierda trae una revista doblada. La aprieta con fuerza, parece afirmarse de ella mientras avanza. Lo imagino apurado, fumando un cigarrillo, mirando de un lado a otro nervioso, cerciorándose de que nadie lo sigue. Es el mes de agosto. Específicamente la mañana del 27 de agosto de 1984. Lo imagino entrando a un edificio en la calle Huérfanos al llegar a Bandera. Se trata de las oficinas de redacción de la revista *Cauce,* pero eso no lo imagino, eso lo leí. La recepcionista del lugar lo reconoce. No es la primera vez que él llega a hacer la misma petición: necesita hablar con la periodista que ha escrito el artículo que está en la revista que trae. Me cuesta imaginar a la mujer de la recepción. No logro configurar un rostro claro para ella, ni siquiera la expresión con la que mira a este hombre nervioso, pero sé que desconfía de él y de su urgencia. Imagino que intenta disuadirlo, que le dice que la persona que busca no está, que no vendrá en todo el día, que no insista, que se vaya, que no vuelva, y también imagino, porque eso es lo que me toca en esta historia, que la escena es interrumpida por una voz femenina que, si cierro los ojos, también puedo imaginar mientras escribo.

Usted me está buscando a mí, dice. ¿Qué necesita?

El hombre observa con detalle a la mujer que le ha hablado. Probablemente la conoce bien. Debe haberla visto antes en alguna fotografía. Quizá le hizo algún seguimiento o investigó una ficha con sus antecedentes. Es la mujer que busca. La que ha escrito el artículo que leyó y trae consigo. Lo sabe. Por eso se acerca y le extiende la mano derecha entregándole su tarjeta de identificación como miembro de las Fuerzas Armadas.

Imagino que la periodista no esperaba algo así. Observa la tarjeta desconcertada. Podría agregar: asustada. Andrés Antonio Valenzuela Morales, soldado 1º, carnet de identidad 39.432 de la comuna de La Ligua. Junto a la información una fotografía con el número de registro 66.650, que no imagino, que leo aquí, en el testimonio que la misma periodista escribió tiempo después.

Quiero hablarle de cosas que yo he hecho, le dice el hombre mirándola a los ojos e imagino un leve temblor en su voz en el momento de pronunciar estas palabras que no son imaginadas. Quiero hablarle de desaparecimiento de personas.

La primera vez que lo vi fue en la portada de una revista. Era una revista *Cauce*, de esas que leía sin entender quiénes eran los protagonistas de todos esos titulares que informaban atentados, secuestros, operativos, crímenes, estafas, querellas, denuncias y otros escabrosos sucesos de la época. «Presunto autor de bombazo era jefe local de la CNI», «Degollados siguen penando en La Moneda», «Así tramaron matar a Tucapel Jiménez», «La DINA habría ordenado fusilamientos de Calama». Mi lectura del mundo a los trece años era delineada por las páginas de esas revistas que no eran mías, que eran de todos, y que circulaban de mano en mano entre mis compañeros del liceo. Las imágenes que aparecían en cada ejemplar iban armando un panorama confuso donde nunca lograba hacerme el mapa de la totalidad, pero en el que cada detalle oscuro me quedaba rondando en algún sueño.

Recuerdo una escena inventada. Yo misma la imaginé a partir de la lectura de un artículo. En la portada aparecía el dibujo de un hombre sentado en una silla con los ojos vendados. A su lado un agente lo interrogaba bajo un gran foco de luz. En el interior de la revista venía una especie de catálogo con las formas de tortura registradas hasta ese momento. Ahí leí testimonios de algunas víctimas y vi gráficos y dibujos salidos como de un libro medieval. No recuerdo el detalle de todo, pero tengo claridad del relato de una joven de dieciséis años que contaba que en el centro de detención en el que estuvo le habían sacado la ropa, embetunado el cuerpo con excremento y encerrado en un cuarto oscuro lleno de ratas.

No quise hacerlo, pero inevitablemente imaginé ese cuarto oscuro lleno de ratas.

Soñé con ese lugar y desperté de ese sueño muchas veces.

Ahora mismo no termino de espantarlo y quizá por eso lo escribo aquí como una forma de sacármelo de encima.

Como parte de ese mismo sueño, o quizá de otro parecido, heredé al hombre que imagino. Un hombre común y corriente, como cualquiera, sin nada particular, salvo esos bigotes gruesos que, por lo menos a mí, me llamaron la atención. Su rostro en la portada de una de esas revistas y sobre su foto un titular en letras blancas que decía: Yo TORTURÉ. Abajo otra frase en la que podía leerse: PAVOROSO TESTIMONIO DE FUNCIONARIO DE LOS SERVICIOS DE SEGURIDAD. En el interior venía una separata en la que se publicaba una larga y exclusiva entrevista. En ella el hombre hacía un recorrido por todo su paso como agente de inteligencia, desde que era un joven conscripto de la Fuerza Aérea hasta el momento mismo en el que llegó a dar su testimonio a la revista. Eran hojas y hojas con información detallada sobre lo que había hecho, con nombres de agentes, de prisioneros, de delatores, con direcciones de centros de detención, con la ubicación de lugares donde se enterraron cuerpos, con la especificidad de métodos de tortura, con el relato de muchos operativos.

Páginas color celeste, lo recuerdo bien, en las que entré por un momento a una especie de realidad paralela, infinita y oscura, como ese cuarto con el que soñaba. Un universo inquietante que intuíamos ahí afuera, escondido más allá de los límites del liceo y de nuestras casas, en el que todo ocurría bajo una lógica pauteada por las reglas del encierro y las ratas. Una historia de terror contada y protagonizada por un caballero común y corriente, parecido al profe de ciencias naturales, así pensamos, con ese bigote igual de grueso sobre su boca. El hombre que torturaba no hablaba de ratas en la entrevista, pero perfectamente podía ser el domador de todas ellas. Supongo que eso imaginé. A un encantador de ratones interpretando una melodía que obligaba a seguirlo, que no dejaba otra alternativa más que avanzar en fila y entrar a ese lugar perturbador en el que habitaba. No parecía un monstruo o un gigante malévolo, tampoco un psicópata del que había que huir. Ni siquiera se veía como esos carabineros que con bototos, casco y escudo, nos daban de lumazos en las manifestaciones callejeras. El hombre que torturaba podía ser cualquiera. Incluso nuestro profesor del liceo.

La segunda vez que lo vi fue veinticinco años después. Trabajaba en la escritura de una serie de televisión en la que una de las tramas era protagonizada por un personaje inspirado en él. Se trataba de una serie de ficción donde había mucho romance, por supuesto, así debe ser en la tele, pero también, siendo justos con el material y con la época en la que ocurría la historia, persecución y muerte.

El personaje que construimos era un agente de inteligencia que, después de participar en operativos deteniendo y torturando gente, regresaba a su casa, escuchaba un casete con canciones románticas y leía revistas del Hombre Araña junto a su hijo para hacerlo dormir. Durante doce capítulos seguimos de cerca su doble vida, esta división absoluta entre lo íntimo y lo laboral que lo iba agobiando secretamente. Ya no se sentía cómodo en su trabajo, sus nervios comenzaban a traicionarlo, los calmantes no le hacían efecto, no dormía ni comía, dejaba de hablar con su mujer, de tocar a su hijo, de relacionarse con sus compañeros. Se sentía enfermo, angustiado y atemorizado por sus superiores, atrapado en una realidad de la que no sabía cómo huir. En el clímax de la serie acudía a sus propios enemigos y les entregaba el testimonio brutal de lo que había hecho como agente de inteligencia, en un gesto desesperado de catarsis y desahogo.

Para escribir la serie volví a enfrentarme a la entrevista que había leído cuando era una adolescente.

Ahí lo vi otra vez en la portada.

Su bigote grueso, sus ojos oscuros mirándome del otro lado del papel y la frase aquella impresa sobre su fotografía: YO TORTURÉ.

El hechizo se mantenía intacto. Cual rata estaba otra vez eclipsada por su figura, dispuesta a seguirlo a donde su testimonio me llevara. Leí con detalle cada línea de lo que dijo. Veinticinco años después mi confuso mapa se había ido enfocando en algunas zonas. Ahora reconocía con claridad quiénes eran y qué papel jugaban todos esos nombres y chapas que él mencionaba. El coronel Edgar Ceballos Jones de la Fuerza Aérea; el general Enrique Ruiz Bunguer, director de Inteligencia de la Fuerza Aérea; José Weibel Navarrete, dirigente del Partido Comunista;

el admirado Quila Rodríguez Gallardo, miembro del Partido Comunista; el Wally, agente civil del Comando Conjunto; el Fanta, ex militante del Partido Comunista y luego delator y perseguidor; el Fifo Palma, Carlos Contreras Maluje, Yuri Gahona, Carol Flores, Guillermo Bratti, René Basoa, el Coño Molina, el Señor Velasco, el Patán, el Yerko, el Lutti, La Firma, Peldehue, Remo Cero, el Nido 18, el Nido 20, el Nido 22, la Comunidad de Inteligencia de Juan Antonio Ríos. La lista es interminable. Volví a entrar a esa dimensión oscura, pero esta vez con un farol que había cargado durante años y que me permitía moverme mucho mejor ahí dentro. La luz de ese foco iluminó mi recorrido y tuve la certeza de que todos los datos entregados por el hombre que torturaba no sólo estaban ahí para sorprender al lector de esa época y abrirle los ojos a la pesadilla, sino que también habían sido lanzados y publicados para detener la mecánica del mal. Eran una prueba clara y concreta, un mensaje enviado desde el otro lado del espejo, irrefutable y real, para comprobar que todo ese universo paralelo e invisible era cierto, no un invento fantasioso como muchas veces se dijo.

La última vez que lo vi fue hace unas semanas. Trabajo en el guión del documental de unos amigos sobre la Vicaría de la Solidaridad, un organismo de la Iglesia Católica que fue creado en plena dictadura para asistir a las víctimas. La película es un registro sobre el trabajo de contrainteligencia que desarrollaron principalmente los abogados y asistentes sociales de la organización. A partir de los testimonios y de todo el material que iban almacenando con cada caso de desaparición forzada, de detención, de secuestro, tortura, o cualquier otra agresión que atendían, aparecieron datos que ayudaron a conformar una especie de panorama de la represión. Estudiando obsesivamente ese paisaje, el equipo de la Vicaría intentaba develar la lógica siniestra que circulaba ahí dentro para, con suerte, adelantarse a las acciones de los agentes y salvar vidas.

Hace años que trabajamos en la película y el material es tan intenso que nos tiene un poco mareados. Mis amigos, los autores del documental, grabaron horas y horas de entrevistas con los protagonistas de la historia. Cada uno narró a cámara su llegada a la organización, su labor en ella y la extraña manera en la que se fueron convirtiendo en detectives, en espías, en investigadores secretos. Todos terminaron analizando información, interrogando, organizando operativos, construyendo un reflejo de los servicios de seguridad del enemigo, pero con fines más nobles. Lo registrado en cada entrevista es de completo interés, planteado con un nivel de espesura tal que se hizo muy difícil la selección. Por eso cada vez que me apronto a una sesión de trabajo debe ser muy temprano en la mañana y con un café cargado para estar lo más lúcida posible.

La mañana que quiero narrar es una de esas. Ducha, café, libreta, lápiz y el botón de play para echar a andar el corte nuevo a revisar. Mientras lo hacía tomaba apuntes, detenía imágenes, probaba cortes mentales, escuchaba repetidas veces algunas cuñas para convencerme de si eran necesarias o no. En eso estaba, en medio de testimonios, entrevistas e imágenes de archivo conocidas y revisadas millones de veces, cuando inesperadamente apareció él, el hombre que torturaba.

Estaba frente a mí. Ya no era sólo una imagen inmóvil impresa en una revista.

Ahora su rostro cobraba vida en la pantalla, resucitaba aquel hechizo viejo y se presentaba por primera vez en movimiento. Sus ojos parpadeaban frente a la cámara, sus cejas se movían sutilmente. Incluso podía reconocer la imperceptible oscilación de su pecho al respirar.

Mis amigos me explicaron que aprovechando una visita habían conseguido una entrevista. El hombre no regresaba desde los años ochenta, el momento en que dio su testimonio y salió del país clandestinamente. Treinta años después volvía para ir a tribunales y seguir entregando su declaración, pero esta vez en casos específicos frente a uno o varios jueces. La idea había sido de él, no lo habían llamado. Incluso los funcionarios de la policía y del Ministerio del Interior de Francia, encargados de su seguridad todos estos años, habían tratado de disuadirlo. La imagen que vi esa mañana en la pantalla de mi televisor era la de un hombre que había regresado a su país después de mucho tiempo con la convicción de que debía cerrar un capítulo. De hecho, así lo declaró en la única entrevista que dio a la prensa en su breve paso por Chile.

Ahora mismo que escribo, vuelvo a encuadrar esa imagen en mi pantalla.
Es él. Está ahí, del otro lado del cristal.

El hombre que torturaba me mira a la cara como si de verdad me estuviera viendo. Tiene los mismos bigotes gruesos, pero ahora ya no son negros, son más bien grises, lo mismo que su pelo. Han pasado treinta años desde esa foto en la portada de la revista *Cauce*. Treinta años que se delatan en las arrugas que surcan su frente y su ceño, en los lentes fotocromáticos que usa y en las canas que ya mencioné. Habla con una voz que no conocía. Un tono tranquilo, muy distinto al que debe haber tenido en el momento en el que llegó a testimoniar el año 84. Su voz es incluso suave, tímida, muy distinta a como la imaginaba. Podría decir que responde las preguntas que le hacen mis amigos a su pesar, sin querer hacerlo, pero con la convicción de que es un deber, como si cumpliera la orden de un superior.

Lo miro y pienso en eso, en la secreta necesidad de cumplir siempre la orden de algún superior.

Ahora todo es parte de una historia antigua, y usa mucho la expresión «recuerdo que», mientras sus ojos delatan el ejercicio de la memoria. Sólo hay un par de frases de esta entrevista que me llaman la atención. Frases que no le había leído antes en ninguna parte, y que el hombre pronuncia con un gesto calmo, lanzándolas al aire para que yo las recoja y las escriba.

Recuerdo las primeras marchas.
La gente salía con carteles de sus familiares desaparecidos.
A veces pasaba entre esa gente.
Veía a esas señoras, a esos señores.
Miraba las fotos que andaban trayendo y yo decía:
ellos no saben, pero yo sí sé dónde está esa persona,
yo sé qué pasó con él.

Mi rostro se refleja en la pantalla del televisor y mi cara se funde con la suya. Me veo detrás de él, o delante de él, no lo sé. Parezco un fantasma en la imagen, una sombra rondándolo, como un espía que lo vigila sin que se dé cuenta. Creo que en parte soy eso ahora que lo observo: un espía que lo vigila sin que se dé cuenta. Está tan cerca que podría hablarle al oído. Transmitirle algún mensaje que él tomaría por un pensamiento propio porque no me ve, no sabe que estoy aquí con intenciones de hablarle. O mejor de escribirle, que es lo único que sé hacer. Podrían ser un par de frases en el cristal de la pantalla, delante de sus ojos, que él leería como una aparición paranormal. Una señal de ultratumba a las que debe estar acostumbrado. Un recado en una botella de vidrio lanzada a ese mar negro donde naufragan todos los que han habitado alguna vez esa dimensión paralela y oscura. Aunque no es fácil, me conseguiría sus datos y le escribiría una carta intentando tomar contacto. La carta sería muy formal, usando aquello de estimado, me dirijo a usted, le saluda atentamente, porque creo que sólo así podría llegar a leerla. En ella le contaría que quiero escribir sobre él y que me parece justo informárselo y quizá, si se anima, hacerlo parte de este proyecto que imagino.

Estimado Andrés:

No nos conocemos personalmente y espero que el arrojo de conseguir su dirección y tomarme la libertad de escribirle no lo ahuyente de seguir leyendo esta carta. El motivo de ella es que quisiera contactarme con usted porque tengo la fantasía de escribir un libro con su figura. ¿Por qué?, se preguntará justamente, y puedo responderle que yo misma me he hecho esa pregunta sin dar con una respuesta satisfactoria. Las razones no son claras porque en general nunca tengo claridad del motivo de mis obsesiones y usted, con el tiempo, se ha convertido en eso para mí, en una obsesión. Sin saberlo he andado detrás suyo desde que tenía trece años, cuando lo vi en esa portada de la revista *Cauce*. No comprendía, ni aún comprendo, todo lo que pasó a mi alrededor cuando era niña y supongo que intentando entender un poco quedé hechizada por sus palabras, por la posibilidad de descifrar con ellas el enigma. Más adelante, por razones de interés y trabajo conocí con detalle su historia y he logrado leer todo el material que de ella se ha publicado, material que todavía me parece escaso y mezquino dado el valor de los datos que entregó. Ahora que le escribo intento nuevamente aclarar mis motivaciones para no parecer tan vaga frente a usted, pero sólo puedo decirle con honestidad que a modo de respuesta aparecen más preguntas.

¿Por qué escribir sobre usted? ¿Por qué resucitar una historia que empezó hace más de cuarenta años? ¿Por qué hablar otra vez de corvos, parrillas eléctricas y ratas? ¿Por qué hablar otra vez de desaparecimiento de personas? ¿Por qué hablar de un hombre que participó de todo eso y en un momento decidió que ya no podía hacerlo más? ¿Cómo se decide que ya no se puede más? ¿Cuál es el límite para tomar esa decisión? ¿Existe un límite? ¿Tenemos todos el mismo límite? ¿Qué habría hecho yo si a los dieciocho años, igual que usted, hubiera ingresado al servicio militar obligatorio y mi superior me hubiera llevado a hacer guardia a un grupo de prisioneros políticos? ¿Habría hecho mi trabajo? ¿Habría escapado? ¿Habría entendido que ese sería el comienzo del fin? ¿Qué habría hecho mi pareja? ¿Qué habría hecho mi padre? ¿Qué haría mi hijo en ese lugar? ¿Tiene alguien que tomar ese lugar? ¿De quién son las imágenes que rondan mi cabeza? ¿De quién son esos gritos? ¿Los leí en el testimonio que usted entregó a la periodista o los escuché yo misma alguna vez? ¿Son parte de una escena suya o de una escena mía? ¿Hay algún delgado límite que separe los sueños colectivos? ¿Existe un lugar donde usted y yo soñamos con una pieza oscura llena de ratas? ¿Se cuelan esas imágenes también en su vigilia sin dejarlo dormir? ¿Podremos escapar de ese sueño alguna vez? ¿Podremos salir de ahí y dar al mundo la mala noticia de lo que fuimos capaces de hacer?

Cuando era niña me decían que si me portaba mal me iba a llevar el viejo del saco. Todos los niños que no obedecían a sus papás desaparecían en el saco infinito y oscuro de ese viejo malvado. Lejos de asustarme esa historia siempre me generó curiosidad. Secretamente quería conocer a ese hombre, abrir su saco, entrar en él, ver a los niños desaparecidos y conocer el corazón del negro misterio. Lo imaginé muchas veces. Le puse una cara, un traje, un par de zapatos. Al hacerlo su figura se volvía más inquietante porque normalmente la cara que le ponía era una conocida, la de mi padre, la de mi tío, la del almacenero de la esquina, la del mecánico del taller de al lado, la de mi profesor de ciencias naturales. Todos podían ser el viejo del saco. Hasta yo misma, si me miraba al espejo y me pintaba un bigote, a lo mejor podía asumir ese rol.

Estimado Andrés, soy la mujer que quiere mirar dentro del saco.

Estimado Andrés, soy la mujer que está dispuesta a pintarse un bigote para asumir su rol.

Si ha llegado al final de esta carta y mi petición no le parece absurda o inapropiada, agradecería me escribiera a esta misma dirección. Estaré atenta esperando su respuesta.

La alarma del reloj suena a las 06:30 todos los días. Desde ese momento, lo que se viene es una larga cadena de movimientos acelerados y torpes, que intentan comenzar la mañana espantando el sueño y guardando la compostura entre los bostezos y las ganas de seguir durmiendo. Muebles que se abren, tazas que se llenan de café y leche, llaves de agua que comienzan a correr, duchas, cepillos de dientes, desodorantes, peinetas, pan tostado, mantequilla, las noticias de la mañana, el locutor anunciando el portonazo de turno o el colapso diario en las vías públicas. Luego calentar el almuerzo para mi hijo, meterlo en el termo, prepararle una colación para el recreo. Y entre cada actividad acelerada lanzar un apúrate, ya es tarde, estamos atrasados. Para luego insistir con otro te digo que te apures, ya es tarde, estamos atrasados. El gato maúlla, quiere comida y agua. El camión de la basura pasa llevándose los desechos que botamos la noche anterior. El transporte escolar se estaciona al frente y toca la bocina anunciándose a mis vecinos. Los niños salen gritando, su madre los despide. El hombre del perro pasa con su perro y saluda mientras abro la reja de mi casa y el papá de mi hijo enciende el motor del auto alistándose para salir. El joven que trota, trota. La mujer del celular habla por su celular.

Todo es como ayer o anteayer o mañana, y en ese círculo espaciotemporal en el que navegamos a diario, mi hijo me da un beso para cumplir con el rito cíclico, se sube al auto con su padre y los dos parten exactamente a las 07:30 de la mañana para no quebrar el hechizo protector.

Durante años ha sido igual.

Cuando mi hijo era chico comenzó esta rutina. En ese tiempo no teníamos auto, y cada mañana lo despedía en la puerta de la casa desde donde partía caminando de la mano de su papá al jardín infantil. Yo lo besaba y lo abrazaba con fuerza porque secretamente sentía pánico de que esa fuera la última vez que lo viera. Pensamientos terroríficos me acechaban cada vez que nos separábamos. Imaginaba que una micro se le venía encima y lo atropellaba, que algún cable eléctrico se desprendía de los postes callejeros sobre su cabeza, que un perro loco salía de una casa y se le tiraba al cuello, que algún degenerado lo pasaba a buscar al jardín infantil, que el hombre del saco lo raptaba para no devolverlo nunca más. Las posibilidades dramáticas eran infinitas. Mi mente aprensiva de madre primeriza fabulaba horrores y en ese ejercicio desquiciado cada vez que él regresaba a la casa para mí era un regalo.

Con el tiempo esa locura terminó. Hoy ya no fantaseo calamidades, pero en el rito mañanero de la despedida diaria fijo siempre la imagen de mi hijo y su padre en el momento en el que se van. Es una instantánea que queda suspendida en mi cabeza hasta que vuelvo a verlos. Un ejercicio incontrolable que heredé de esos días de mamá asustadiza, el destilado de un miedo arcaico que supongo todos tenemos e intentamos controlar, el de perder inesperadamente a las personas que queremos.

Desconozco cómo habrá sido la rutina mañanera en la casa de los Weibel Barahona en 1976. Yo apenas tenía cuatro años, no recuerdo ni cómo eran mis propias mañanas en ese tiempo, pero con un poco de imaginación puedo ver esa casa ahí en La Florida y a esa familia comenzando la jornada. No creo que su rutina se haya diferenciado mucho de la que día a día yo misma ejecuto con mi familia, o de la que día a día todas las familias con niños de este país desarrollan desde hace años. Imagino el reloj de los Weibel marcando la hora del inicio, quizá las 06:30 también, lo mismo que nosotros aquí. Imagino a José y a María Teresa, los padres de la familia, levantándose con rapidez de su cama y delegándose las misiones de la mañana. Alguien hará el desayuno, mientras el otro despertará a los niños, mientras el otro los ayudará a vestir, mientras el otro los acarreará al baño, mientras el otro calentará los almuerzos, mientras el otro preparará las colaciones, mientras el otro se dedicará a lanzar los apúrense, ya es tarde, estamos atrasados. Una maquinaria perfecta y aceitada, probablemente más aceitada que la nuestra, porque en la casa de los Weibel Barahona el año 1976 había dos niños, no uno como aquí, entonces el operativo de cada mañana para levantarse debe haber tomado a ratos tintes heroicos.

El 29 de marzo de 1976 a las 07:30 horas, la misma hora en la que mi hijo y su padre se van a diario de nuestra casa, José y María Teresa salieron con sus niños para llevarlos al colegio. En un paradero cercano a la casa esperaron la micro junto a uno de sus vecinos, uno que en el ejercicio de la imaginación comienza a tomar la cara del hombre que pasea el perro cada mañana aquí en mi barrio. Probablemente ellos se saludaron, como deben haberlo hecho siempre a esa hora, como yo misma saludo al hombre del perro cuando pasa y me hace una venia, clavando las banderas de nuestra normalidad diaria, los delgados límites de nuestra rutina protectora. A las 07:40, como todos los días, en su propio rito, los Weibel Barahona tomaron una micro de la línea Circunvalación Américo Vespucio que los dejaría en su destino. La micro probablemente iba llena. Eso no lo sé, pero lo supongo porque a esa hora las micros van llenas en cualquier parte del país en cualquier época. María Teresa se sentó en el primer asiento con uno de sus hijos en la falda. Quizá José se sentó a su lado con el otro en brazos. O quizá no y se quedó de pie, y simplemente se arrimó a su familia lo más cerca posible para no separarse, para no romper los hilos de la distancia de rescate que los mantiene a salvo.

José y María Teresa no lo comentan ahí con los niños, pero esta mañana aparentemente normal, no lo es del todo. El hermano de José ha desaparecido hace algunos meses y él mismo, como un hombre importante del Partido Comunista, se sabe vigilado. Ayer un joven desconocido tocó la puerta de su casa preguntando por una supuesta lavadora que estaba supuestamente en venta. José y María Teresa saben lo que significa esa extraña e inquietante visita, entonces han decidido dejar su querida casa de la calle Teniente Merino de La Florida hoy mismo. Los niños no lo saben, pero ahora serán dejados en el colegio y es posible que a la vuelta regresen a otro lugar.

Imagino que José y María Teresa viajan en silencio. Dada la tensión, seguramente prefieren no hablar. Imagino que responden las preguntas de sus hijos, que siguen el hilo de sus comentarios, pero que en su fuero interno van pensando en lo que les deparará el futuro de ahora en adelante. Seguramente observan los rostros de la gente que los rodea. Disimuladamente intentan reconocer alguna mirada sospechosa, algún gesto amenazante. Se mantienen alerta, pero es difícil tener el control de todo ahí dentro. Son muchos los que viajan a esa hora, muchos los que suben y pagan su boleto. Muchos los que pasan hacia atrás y se sientan y se duermen. Muchos los que viajan de pie. Muchos los que miran por la ventana. Es por eso que aunque hacen sus mejores intentos no lo distinguen en medio del grupo. Es por eso que incluso cruzando miradas, no lo ven.

Es él, el hombre que torturaba.

El agente de inteligencia de las Fuerzas Armadas Andrés Antonio Valenzuela Morales, número de identificación 66.650, soldado 1°, carnet de identidad 39.432 de la comuna de La Ligua. Alto, delgado, de pelo negro, con un par de bigotes gruesos y oscuros.

Va atrás, sentado en un asiento. Lleva un control de radio escondido para poder conectarse con los vehículos que van siguiendo la micro sin que nadie se percate. Cerca de él está el Huaso, más allá el Álex y más allá el Rodrigo. Todos los agentes se han subido por separado, camuflándose con la gente, y ahora observan a los Weibel Barahona sin que ellos se den cuenta. O quizá sí lo hacen. Quizá José se detiene un momento en aquellos ojos oscuros del hombre que torturaba. Quizá reconoce en ellos una mirada perturbadora que no alcanza a procesar porque en ese mismo minuto una mujer da un grito que descoloca a todos. Me robaron la cartera, dice, y no alcanza a terminar cuando tres automóviles interceptan la micro de golpe.

Lo que sigue sucede con mucha rapidez. Seis hombres se suben por las puertas trasera y delantera. El Álex y el Huaso gritan que el responsable del robo de la cartera es José. Este infeliz desgraciado fue, dicen, e indican a José que apenas entiende lo que ocurre, pero que comienza a intuirlo. Los niños Weibel Barahona miran a su padre desconcertados. Él ha estado junto a ellos todo este rato, cerca, muy cerca, sin romper los delgados hilos de la distancia de rescate que envuelven siempre a la familia, entonces es imposible que le haya robado la cartera a nadie. Además es su papá, el hombre que los levanta cada mañana, el que los cuida, el que los va a dejar al colegio, no un ladrón. Pero lo que opinen los niños no importa porque el hombre que torturaba y sus compañeros se acercan a José y apuntándolo con un arma dicen que son parte de la Policía de Investigaciones y que se lo van a llevar por ladrón. Tampoco importa que José no tenga la supuesta cartera robada, ni que María Teresa llore y pida ayuda porque sabe perfectamente lo que está pasando. No importa que los niños se asusten, que el chofer de la micro no entienda nada, que la gente mire con miedo. El hombre que torturaba y sus compañeros sacan a empujones a José y en menos de un minuto lo suben a uno de los autos para llevárselo para siempre.

Me pregunto si José habrá registrado una instantánea mental de su familia en ese momento. Me pregunto si desde el auto que se lo llevó habrá alcanzado a mirar a sus hijos y a su mujer por última vez para fijar esa imagen protectora. Mi imaginación desbocada y sensiblera quiere creer que sí, que lo hizo y que con ella aplacó los temores en ese territorio gris donde fue condenado a pasar sus últimos días de vida.

En la soledad de las oficinas de la revista *Cauce*, la periodista escuchó este relato. Fue uno de los primeros que el hombre que torturaba le ofreció. Imagino perfectamente ese momento. Él sentado en un sillón de la oficina, todavía nervioso, todavía angustiado. Ella escuchándolo desde el escritorio con una grabadora encendida. Las palabras del hombre que torturaba van quedando registradas en la cinta que gira y gira en la máquina mientras la imaginación de la periodista comienza a desbocarse como la mía para poner en escena las acciones que se desprenden de ese testimonio. José viajando en ese auto con un grupo de agentes desconocidos. La micro en la que está su familia va quedando atrás, se va haciendo chiquitita, hasta desaparecer, cortando los hilos de la distancia de rescate que los mantenía a salvo. La periodista puede completar muy bien el relato del hombre que torturaba porque ella conocía a José, eran muy amigos y escuchó a María Teresa contando la misma escena de la micro desde su propio punto de vista. En ese momento, en 1984, ocho años después, ni María Teresa, ni los niños, ni la periodista, tenían información del destino de José.

Mensajero del lado oscuro, conocedor de esa dimensión secreta, el hombre que torturaba dijo que a José lo llevaron a un cuartel en la calle Dieciocho denominado La Firma. El hombre que torturaba dijo que inmediatamente a José lo ingresaron a una sala de interrogatorios. El hombre que torturaba dijo que el interrogatorio de José fue uno de los más duros que se practicó en esa época. El hombre que torturaba dijo que pese a eso nunca se enteraron de que José era el segundo hombre del Partido Comunista. El hombre que torturaba dijo que luego lo llevaron a la casa donde él mismo y todos los agentes solteros dormían. Allí José permaneció cerca de una semana junto a otros detenidos. El hombre que torturaba dijo que una noche en la que estaba de franco sacaron a José de la casa y lo hicieron desaparecer. El hombre que torturaba no estuvo ahí, pero como sabe de procedimientos, puede imaginar que José fue llevado al Cajón del Maipo, a las faldas de la Cordillera Central, que esposado y con los ojos vendados recibió la ráfaga que acabó con su vida. El hombre que torturaba imagina que luego de eso le cortaron las primeras falanges para dificultar la identificación y le amarraron con alambre piedras a los pies para lanzarlo al río.

La periodista lloró cuando escuchó este relato.

Su llanto quedó registrado en esa cinta que gira y gira en la máquina grabadora.

Al igual que el hombre que torturaba, yo tampoco estuve en el momento en que mataron a José. Pero a diferencia de él, a mí me cuesta imaginar el detalle de esas ejecuciones en las que no estuve. No sé cuánta gente participó, ni qué diálogos intercambiaron. No sé cómo pueden haberse desarrollado en su especificidad. Tampoco sé si quiera saberlo. Carezco de palabras y de imágenes para escribir lo que sigue de este relato. Cualquier intento que haga será pobre al querer dar cuenta de ese íntimo momento final de alguien a punto de desaparecer.

¿Qué vio José? ¿Qué escuchó? ¿Qué pensó? ¿Qué le hicieron?

Expulsada de los límites de ese imaginario desconocido, impotente ante la expresión de un lenguaje que no sé escribir, sólo tengo claro que hay otras cosas que se me dan más fáciles a imaginar. Cosas que están fuera de esa zona oscura y que puedo atesorar como una luz para moverme mejor en este mapa. Cosas como esa fotografía que quiero creer que José guardó en su memoria. En ella aparecen María Teresa y sus dos hijos sentados en la micro que los llevará al colegio. Los niños van de uniforme con sus bolsones y sus loncheras donde llevan la colación preparada hace un rato. En la fotografía todos sonríen. Aún no ha pasado nada malo, aún los hilos de la distancia de rescate se mantienen intactos y están todos a salvo, conversando alguna vaguedad, disfrutando sin saberlo de su último momento juntos.

Imagino que José observa mentalmente esa foto y se concentra en ella esa noche en el Cajón del Maipo. Tal como imaginó el hombre que torturaba, José debe tener los ojos vendados, las manos atadas, y debe estar tirado en el suelo o quizá de pie, enfrentando a sus ejecutores. En esta última escena, en plena noche cordillerana, imagino la fotografía de los Weibel Barahona y el ruido de las ráfagas descargándose sobre la espalda o el pecho de José.

El hechizo protector se rompe, su cuerpo se va por el río y desaparece para siempre.

No hay distancia de rescate posible en este ejercicio.

Ni mi imaginación desbocada puede contra eso.

En enero de 2010 fue inaugurado el Museo de la Memoria y los Derechos Humanos de Chile. Al acto asistieron los cuatro presidentes de la Concertación, coalición de partidos que estuvo a cargo de lo que los analistas políticos llaman la Transición chilena, ese período en el que el discurso oficial fue la reconciliación y la justicia en la medida de lo posible. En esos años se le bajaron los decibeles al recuerdo de la violencia reciente para organizar una política de consensos que mantuviera la fiesta en paz. La democracia se mantenía cautelada por los militares, con el mismo general Pinochet como Comandante en Jefe del Ejército y luego senador en el Congreso, entonces no era una buena idea usar el ayer inmediato como un arma de debate.

Cuando tuve que explicarle el proceso de la Transición a mi hijo, justamente en nuestra primera visita al Museo de la Memoria, se lo expliqué así, de manera resumida y sencilla, para que pudiera entender con su cabeza de niño. Cuando le conté que el responsable de todo lo que acababa de ver en el museo era uno de los hombres que hacían las leyes para organizar al país, me miró con desconcierto y se echó a reír como si lo que había dicho fuese un chiste. A los diez años mi hijo ya se daba cuenta de las malas bromas de la historia chilena.

En la ceremonia de inauguración del Museo de la Memoria y los Derechos Humanos, veinte años después de recuperada la democracia, hubo mucha gente. Autoridades, el directorio del museo, familiares de las víctimas, periodistas, visitas internacionales, público en general y, como ya dije, los cuatro presidentes de la Concertación, Patricio Aylwin (1990-1994), Eduardo Frei (1994- 2000), Ricardo Lagos (2000-2006) y la presidenta en ejercicio, Michelle Bachelet (2006-2010). La presidenta salió adelante y tomó el micrófono para dar un sentido discurso inaugural, abriendo las puertas al público y a Chile entero de esta versión legitimada de nuestra memoria reciente. Habló de un país unido, del odio que en algún momento lo dividió y de la necesidad de preservar la buena convivencia. Y ahí estaba, hablando emocionada a un público igual de emocionado, cuando sorpresivamente dos mujeres escalaron una de las torres de iluminación del patio donde se desarrollaba la ceremonia y gritaron con fuerza que los gobiernos de la Concertación, con todas sus personalidades ahí presentes, violaban sistemáticamente los derechos humanos.

¿Cómo se hace la curatoría de un museo sobre la memoria?

¿Quién elige lo que debe ir? ¿Quién decide lo que queda afuera?

Las mujeres que gritan en la ceremonia de inauguración son dos: Ana Vergara Toledo, hermana de Rafael y Eduardo Vergara Toledo, jóvenes asesinados en dictadura, y Catalina Catrileo, hermana de un fallecido activista mapuche llamado Matías Catrileo. Frente a la sorpresa de todos los presentes, Ana pide justicia por sus muertos y por los presos políticos, mientras Catalina encara a la presidenta diciéndole que su hermano fue asesinado por un carabinero hace un par de años, en su propio gobierno.

Lo que sigue es un momento muy incómodo. Los invitados observan con desconcierto cómo la presidenta intenta dialogar con las mujeres, que siguen encarándola desde las torres de iluminación, desatendiendo el protocolo de la ceremonia, los acuerdos, los consensos y todo aquel amable discurso entregado por años. Los gritos de Ana y Catalina llegan a remecer a la concurrencia. El recuerdo de los abusos pasados se mezcla con los actuales y por un breve momento no se resigna a la pasividad de lo archivado en el museo. Los gritos de las mujeres despercuden la memoria, la ponen en diálogo con el presente, la sacan de la cripta, le dan un soplo de vida y resucitan a esa criatura hecha a retazos, con partes de unos y otros, con fragmentos de ayer y de hoy. El monstruo despierta y se revela aullando incontrolable, tomando a todos por sorpresa, sacudiendo a los que se creían cómodos, problematizando, conflictuando, molestando, y es en ese estado peligroso y bestial en el que debiera mantenerse. Así lo pensé en ese momento cuando vi toda esta escena en una nota por internet, y así lo pienso ahora cuando visito el museo una vez más.

He venido aquí muchas veces. La primera con mi hijo y mi madre cuando recién se inauguró. Mi hijo corría por las explanadas del patio central mientras mi madre miraba todo sorprendida por la luminosidad del lugar, por los grandes ventanales, por la similitud del espacio a un museo de arte contemporáneo y no a un cementerio o a algo lúgubre y terrible, como habíamos imaginado. Una vez adentro hicimos el recorrido minuciosamente, leyendo todos los textos, poniéndonos los audífonos para escuchar los testimonios, apretando los botones de las consolas, echando a andar los videos, atendiendo a cada pantalla que apareció delante nuestro.

Visitamos todos los pisos. Entramos a la Zona Once de Septiembre, a la Zona Lucha por la Libertad, a la Zona Ausencia y Memoria, a la Zona Demanda de Verdad y Justicia, a la Zona Retorno a la Esperanza, a la Zona del Nunca más, a la Zona del Dolor de los Niños. Vimos la parrilla donde se aplicaba corriente a los detenidos y la puerta de la ex cárcel pública. Vimos la torre de vigilancia del centro de detención y tortura de la calle República, y la cruz del Patio 29 del cementerio donde fueron a dar muchos cuerpos NN, y también las fotografías de varios crímenes. Todo así, en un orden algo desestructurado, sin atender bien a los antes o los después, porque cuando se trata del horror parece que las lógicas de la maquinaria no importan mucho. Los tiempos y las progresiones y las causas y los efectos y los por qué son sutilezas que es mejor ahorrarse. Todos los crímenes aparecen como uno solo. Un par de líneas para las explosiones, otra para los degollamientos, otra para los incinerados, otra para los baleados, otra para los fusilados. Y las causas y los efectos, ya lo dije, no circulan en ningún relato. Es una gran masacre, una lucha entre malos y buenos, donde es muy fácil identificar a cada cual porque los malos tienen uniforme y los buenos son civiles. Y no hay términos medios. No hay cómplices, no hay otros implicados, y la ciudadanía parece libre de responsabilidades, inocente, ciega, víctima absoluta. Y en cada estación llorábamos, cómo no. Y luego en la siguiente nos daba rabia, cómo no. Y luego en la siguiente llorábamos otra vez, para después desplazarnos y dejarles el espacio a los que venían detrás de nosotros cumpliendo el mismo rito del llanto y la rabia, y el llanto y la rabia, en una especie de montaña rusa emocional que culminaba en la Zona Fin de la Dictadura, donde una gran gigantografía del ex presidente Patricio Aylwin, dando su discurso al asumir el cargo, enciende los espíritus de los visitantes y los deja exultantes de alegría y esperanza, más tranquilos, más apaciguados, porque de ahí en adelante estamos a salvo, los buenos triunfaron, la historia es benévola, olvidaremos que él mismo fue quien acudió a los militares para pedir el Golpe el año 1973, esa información no es parte de los recuerdos de esta memoria, y así, escuchando las felices consignas de la vuelta a la democracia que indican que ha llegado el final del recorrido, ya todos quedan libres para ir a tomarse, como lo hicimos nosotros, una refrescante Coca-Cola a la cafetería, y luego en la tiendita de recuerdos comprar, como también lo hicimos nosotros, ¿por qué no?, un par de chapitas con la cara de Allende y una postal con La Moneda en llamas.

La segunda y la tercera vez que vine fueron para buscar material para algunos trabajos. Estuve en el área de documentación, una especie de archivo con videos, grabaciones, audios, libros, artículos, revistas y otros materiales, donde gente muy amable te atiende amablemente y te orienta según los contenidos que buscas.

Ahora, la cuarta vez que visito el museo, vengo con la idea de encontrar algo sobre el hombre que intento imaginar. Sé que no daré con él en los pasillos de este pequeño territorio del pasado. Su figura no es parte del bien o del mal, del blanco o del negro. El hombre que imagino habita un lugar más confuso, más incómodo y difícil de clasificar, y quizá por eso no encuentra espacio entre estas paredes. Sin embargo fantaseo con la idea de que el testimonio que dio se encuentre aquí, como un material valioso para los buenos, expuesto en una de las vitrinas de los buenos, con su foto en la portada de la revista *Cauce* y esa declaración pavorosa que en ese momento nadie había dado: YO TORTURÉ.

Deambulo por las diversas zonas de la libertad, de la esperanza, de la lucha, de la justicia, de la verdad, de la reconciliación, de la solidaridad y otras palabras amables hasta que me encuentro con un grupo de revistas instaladas bajo un vidrio, expuestas con una gran leyenda que dice: «Gobierno restringe revistas opositoras. Prohíben publicar fotografías». La leyenda es parte de una nota de prensa que apareció doce días después de que el hombre que torturaba diera su testimonio a la periodista de la revista *Cauce*. La nota habla de una disposición que resolvía que las mencionadas revistas restringirían sus contenidos a textos exclusivamente escritos. Así, las que se exhiben en el museo tienen sus portadas con recuadros en blanco, imágenes fantasmas que despiertan aún más la imaginación y la suspicacia.

Lo que no aparece relatado en el museo es que unos días antes de que se programara esta delirante medida, ya se había dispuesto la suspensión de cinco números de la revista *Cauce*. Esto fue objetado a través de un recurso de reclamación que, después de varios tira y afloja, el

Tribunal decidió acoger. Luego el gobierno intentó otra enrevesada estrategia de censura, y ésa es la que veo ahora expuesta en las paredes del museo: revistas sin fotografías. Frente a este nuevo intento por restringir la libertad de información se presentó un recurso de protección. Como la revista *Cauce* había tenido algunas victorias judiciales, todo hacía prever que la resolución sería favorable, sin embargo en noviembre de 1984, casi dos meses después de que el hombre que torturaba diera su testimonio, en el *Diario Oficial* fue publicada la instauración del Estado de Sitio, ante lo cual se prohibió la circulación de la revista *Cauce*. El gobierno echaba mano de la única arma incontrarrestable que tenía, la suspensión temporal de los derechos civiles.

Todo este largo y enredoso camino de hostigamiento, prohibiciones, censuras y demases obviamente tiene relación directa con el testimonio que dio el hombre que torturaba a la periodista. Sin embargo eso no está escrito aquí en el museo, es como una de esas fotos en blanco de las portadas de estas revistas, un relato invisible y fuera de libreto, que quizá sólo ocurre en mi cabeza que busca darle protagonismo a este hombre que intento imaginar.

Imagino a la periodista escuchando a este hombre que le relató con detalle el secuestro, la tortura y la muerte de muchos amigos queridos. Imagino los sentimientos encontrados que deben haberla sacudido mientras oía su largo testimonio. Ganas de ahorcarlo, de arañarlo, de pegarle, de gritarle, pero a la vez la convicción de que nada de eso era posible. No imagino, sé, que él estaba dispuesto a contarlo todo y luego volver al cuartel a que sus superiores le hicieran lo que fuera. No imagino, sé, que lo que fuera implicaba la muerte. No imagino, sé, que a él no le importaba. Lo que viniera sería mejor que ese sentimiento de ahogo. Que se levantaba y se acostaba con olor a muerto, así dijo. La periodista lo convenció de que sus planes suicidas no tenían sentido. Le habló de sus hijos, que pensara en ellos, que se diera una oportunidad. Le ofreció protección. Se comunicaría con gente que podría ayudarlo. No imagino, sé, que él lo meditó, que fumó muchos cigarrillos pensando, probablemente en sus hijos, tal como la periodista le sugirió, o en su mujer, o en un futuro posible. No imagino, sé, que él aceptó la oferta de protección y que desde ese momento se puso en manos de quienes podrían ayudarlo. No imagino, sé, que no volvió al cuartel, que sus superiores se dieron cuenta de su ausencia y que con el tiempo entendieron lo que había pasado.

A partir de ese momento ya no sé más. Todo es un ejercicio imaginativo.

Agentes y militares buscando al desaparecido Andrés Valenzuela Morales por cada rincón del país. Desesperados, nerviosos, molestos, iracundos. Desertor de mierda, hocicón de la conchadetumadre, deben haber gritado, mientras esperaban dar con él para eliminarlo, para llevarlo al Cajón del Maipo, para cortarle las falanges y tirarlo por el río. Y así, mientras intentaban cazarlo, también trataban de detener la publicación de un testimonio que develaría demasiados secretos. Y se prohibían ediciones y se censuraban fotografías y se declaraba el Estado de Sitio para evitar cualquier circulación de prensa opositora, asustados de ese relato que abriría una puerta a la zona oscura, a ese portal definitivo del mal y la tontera.

Hay un sector del museo que es mi favorito. En realidad es el favorito de todos porque fue ideado para seducir a los visitantes, incluso a los aguafiestas como yo. Los guías lo describen como el corazón de la muestra. Desde un mirador rodeado de velas, que en realidad no son velas sino ampolletas que las representan, se pueden ver, dispuestas en lo alto de una de las paredes, más de mil fotografías de muchas de las víctimas. Son fotos donadas por sus familias, entonces se las ve en situaciones domésticas, en celebraciones, en la playa, sonriendo a la cámara como lo hacemos todos cuando queremos dejar un registro de nuestros mejores momentos. Hay mujeres guapísimas que parecen artistas de cine. Seguro deben haberse arreglado, coquetas, para el retrato, con la idea de regalárselo a algún novio, a algún amante. Hay un joven vestido de terno, con una corbata humita, listo para ir a un gran evento, o a lo mejor en medio de él. Se le ve feliz, exultante. Hay un hombre en la playa de la mano de su hijo. Hay otro abrazado a un grupo de personas que no se alcanzan a ver del todo, como en un paseo o un asado campestre. Hay una mujer que ríe con la boca abierta, retratada en medio de una gran carcajada. Hay otra seria, con miedo frente a la cámara. Todas son instantáneas como las que yo guardo de mi hijo, de su padre, de mi madre, de mis amigos, de las personas que quiero. Imágenes protectoras, luminosas, que establecen lazos a pesar de los años y la muerte. Vistos en conjunto todos parecen una gran familia. En parte lo son. Tíos, primos, hermanos, sobrinos, abuelos, gente emparentada por circunstancias extremas. Si uno se acerca a la pantalla táctil que está en medio del mirador, puede hacer un clic y buscar sus nombres y encontrar información sobre cómo fueron detenidos y asesinados.

Hago clic y busco a José Weibel.

Su foto aparece en la pantalla. Se le ve de lentes, con una sonrisa suave, mirando hacia el lado, probablemente a alguien que le habla, a alguien con quien mantiene una conversación tranquila y confiable. Intento imaginar la escena de esta fotografía, pero luego me freno. Creo que ya me he inmiscuido mucho. No es necesario imaginar más. El texto que aparece en la pantalla sobre su detención y asesinato contiene mucho del relato que entregó el hombre que torturaba. Esa información circula aquí, aunque no tenga su firma.

Hago clic y busco a Carlos Contreras Maluje.

Carlos me mira desde la pantalla. Tiene un par de lentes gruesos también. La foto es pequeña, sólo se le ve el rostro, como si fuera una fotografía de carnet. Igualmente se intuye un cuerpo grande, de hombros anchos, tal como lo describe el hombre que torturaba en su testimonio. Leo en su reseña que era químico farmacéutico y que había sido regidor por Concepción. Leo en su reseña que fue detenido en dos oportunidades. La segunda, en la calle Nataniel, a unas cuadras de la casa en la que viví cuando era niña. Al igual que con José, el texto que aparece en la pantalla sobre su detención y muerte contiene mucho del relato que hizo el hombre que torturaba. Al igual que con José, tampoco lleva firma.

Hago clic y busco al admirado Quila Leo.
Hago clic y busco a don Alonso Gahona.
Hago clic y busco a René Basoa.
Hago clic y busco a Carol Flores.

Muchos de los nombres que he leído en el testimonio del hombre que torturaba comienzan a enfocarse en esta pantalla que les da un rostro, una expresión, un poco de vida. Aunque sea una vida virtual. Extensión de las fotografías que cuelgan de este muro transparente y celeste que parece un pedazo de cielo. O mejor, un pedazo de espacio exterior en el que naufragan perdidos, como astronautas sin conexión, todos estos rostros que fueron tragados por una dimensión desconocida.

Abramos esta puerta con la llave de la imaginación. Tras ella encontraremos una dimensión distinta. Están ustedes entrando a un secreto mundo de sueños e ideas. Están entrando en la dimensión desconocida.

En los años setenta, sentada frente a un televisor en blanco y negro del comedor de diario de mi vieja casa, veía los capítulos de la *Twilight Zone*. Mentiría si dijera que recuerdo con detalle la serie, pero tengo grabada esa sensación de inquietud que me seducía y la voz del narrador que invitaba a participar de ese mundo secreto, un universo que se desarrollaba más allá de las apariencias, detrás de los límites de lo que estábamos acostumbrados a ver. Eran capítulos cortos, con historias fantasiosas y delirantes. Un hombre que tenía un reloj capaz de detener el tiempo. Otro que veía gnomos que lo acosaban e intentaban botar el avión en el que viajaba. Otro que se reencontraba con su pequeño hijo de diez años mientras, en un tiempo paralelo y bastante más real, el niño era un soldado que moría en la guerra. Otro que hablaba con la muñeca asesina de su hijastra. Otro que cruzaba del otro lado del espejo. En todos los capítulos se abría una puerta, una pequeña fisura que dejaba ver esa realidad análoga que tanto me gustaba visitar a través de la pantalla.

Por las noches mi madre llegaba de su trabajo y comíamos juntas. Según ella, muchas veces yo le relataba algún capítulo que me había impresionado. En ese ejercicio ella no podía distinguir cuáles historias eran parte de la serie y cuáles eran un invento mío. Después de comer nos íbamos a acostar, para al día siguiente partir al colegio muy temprano. No recuerdo mucho de nuestra rutina mañanera, tampoco de esos primeros años escolares, pero sé que a mediodía mi madre me iba a buscar cuando terminaban mis clases y me llevaba a la casa para almorzar juntas. Conversábamos al ritmo del plato de turno, y luego del postre y de un té caliente con hojas frescas del cedrón del patio, ella volvía al trabajo y yo me quedaba en medio de esas largas tardes setenteras en las que *La dimensión desconocida* era un hito al ponerse el sol.

Un viajero del espacio ha tenido que descender de emergencia en un planeta desconocido situado a millones de kilómetros de su punto de partida. Su nave ya no funciona. Su brazo derecho está roto y su frente herida y sangrante. El coronel Cook, viajero en el océano del espacio, con su nave destruida e incendiada, no volverá a volar jamás. Ha sobrevivido al impacto, pero su odisea apenas comienza, así como su batalla contra la soledad. Adolorido y asustado envía mensajes a su hogar para que alguien vaya a su rescate, sin embargo eso parece imposible. Los suyos no pueden ir por él y así se quedará solo en el encierro de ese lugar que es un pequeño planeta en el espacio, pero que para el coronel Cook es la dimensión desconocida.

Y así un nuevo capítulo cerrando la tarde.

Una vez, mientras almorzábamos, mi madre nos contó, a mi abuela y a mí, que acababa de ver algo muy extraño. A mediodía, en plena calle Nataniel, a unas cuadras de nuestra casa, un hombre se había lanzado a las ruedas de una micro. No había sido un atropello, el hombre iba caminando por la vereda cuando de pronto se tiró voluntariamente, con completa conciencia de lo que hacía. La micro se detuvo de golpe. La gente que vio la escena en la calle se quedó quieta, sin entender lo que ocurría, sin hablar, sin moverse, como si el hombre que detenía el tiempo en la *Twilight Zone* hubiera programado unos minutos de parálisis con su reloj mágico. Un jeep de Carabineros se estacionó. De su interior salió un oficial que intentó hacerse cargo de la situación, así lo contó mi madre. Ella y un grupo de personas se fueron aproximando al lugar para ver el estado del hombre herido. Era un tipo grande, de unos treinta años, al que le sangraba mucho la cabeza. El hombre estaba algo inconsciente, apenas abría los ojos y miraba a su alrededor desorientado, mientras el chofer de la micro intentaba explicarle al carabinero lo que había ocurrido.

No recuerdo bien el relato de mi madre. Ella misma, al intentar reconstituir la escena, tiene una nebulosa de imágenes. Dice que entre el griterío de la gente y del chofer y del carabinero, de pronto apareció un grupo de personas que venían a buscar al hombre herido que estaba aún en el suelo. El hombre, en cuanto vio a estas personas, comenzó a gritar como si hubiera visto al demonio o a un grupo de gnomos que lo acosaban. Decía que eran agentes de inteligencia, que se lo querían llevar para seguir torturándolo, que por favor lo dejaran morir en paz, que por favor avisaran a la farmacia Maluje de Concepción. Mi madre dice que ahí todos se paralizaron otra vez. El reloj mágico hizo lo suyo y el terror de que alguien más terminara en manos de los gnomos detuvo toda posibilidad de reacción. Un auto apareció y entre gritos y súplicas y patadas y empujones subieron al hombre, que se fue para desaparecer definitivamente de los límites de la realidad.

Mi madre no lo sabe, pero esa mañana estuvo junto al hombre que torturaba.

Parte de este relato confuso que ella hizo y sigue haciendo a mi pedido es un trozo de lo que él declaró a la periodista en su testimonio.

El hombre que torturaba dijo que Carlos Contreras Maluje había caído el día anterior gracias al soplo de uno de sus compañeros. El hombre que torturaba dijo que lo tuvieron en el cuartel de la calle Dieciocho llamado La Firma, y que lo interrogaron y torturaron hasta muy tarde en la noche. El hombre que torturaba dijo que Carlos Contreras Maluje declaró que al día siguiente tenía un punto de contacto en la calle Nataniel. Que si lo soltaban y él acudía al encuentro podrían detener a otro comunista más. El hombre que torturaba dijo que así lo hicieron. Que al día siguiente lo soltaron en la calle Nataniel y que Carlos Contreras Maluje caminó rumbo a Avenida Matta mientras era vigilado por distintos agentes desplegados en la zona. El hombre que torturaba dijo que él se encontraba a siete cuadras del lugar y que de pronto, por radio, escuchó que otro agente les comunicaba: El sujeto se lanzó a una micro.

Los transeúntes, la gente de la calle, mi madre, el chofer del autobús, todos los que habitaban el mundo aparente de la vida cotidiana y normal fueron testigos por un momento de esa grieta por la que se asomaba la dimensión desconocida. El hombre que torturaba dijo que al llegar al lugar ya había muchas personas agrupadas y que no fue fácil llevarse a Contreras Maluje porque gritaba, porque pese a estar herido era corpulento y tenía mucha energía. Luego de eso fue trasladado nuevamente al cuartel de la calle Dieciocho donde lo encerraron, lo acusaron de mentiroso y lo golpearon durante todo el día. El hombre que torturaba dijo que por la noche lo llevaron camino a Melipilla, donde fue fusilado y enterrado en una fosa.

Mi madre no sabía nada de esto cuando nos contaba lo que había visto hace pocas horas, esa mañana. Yo misma me demoré muchos años en hacer la conexión entre su relato y lo que leí en el testimonio del hombre que torturaba. Probablemente ese día, mientras almorzábamos y comíamos la cazuela o el guiso que mi abuela había preparado, Carlos Contreras Maluje soportaba combos y patadas en ese calabozo de la calle Dieciocho, a unas cuadras de mi vieja casa. Probablemente mientras nos servíamos jalea y la bañábamos de leche condensada, como tanto nos gustaba hacer para el postre, Carlos Contreras Maluje enviaba mensajes mentales a los suyos para que alguien fuera a rescatarlo a ese planeta pequeño y solitario en el que había caído. Ese lugar en el que se encontraba adolorido y asustado, sin una nave que pudiera devolverlo a su casa allá en la farmacia Maluje de Concepción.

¿Aló? ¿Control en Tierra? ¿Hay alguien ahí? ¿Alguien me escucha?

Gritos desesperados, llamados de auxilio a los que nadie pudo acudir. Seguro mientras mi madre se tomaba su té con hojas de cedrón y yo terminaba de escuchar su inquietante experiencia, Carlos Contreras Maluje se desangraba en el suelo de ese cuartel, acosado por los gnomos, en ese tiempo detenido por un reloj fatal que marcaba los límites de la dimensión desconocida. Esa realidad tan distinta, a la que, como decía aquella vieja voz en off, sólo se puede ingresar con la llave de la imaginación.

Hago clic y busco el nombre de Andrés Valenzuela Morales.

Sé que no lo encontraré. Esta es la Zona Ausencia y Memoria, no la Zona de los Torturadores que se dan Vuelta, no la Zona de los Desertores, no la Zona de los Arrepentidos, no la Zona de los Traidores de la Reconchadesumadre. El hombre que imagino no ha muerto ni tampoco está catalogado como una víctima. Un hoyo negro lo consumió igual que al resto, y si quiero encontrarlo la única posibilidad es aquí, frente a esta pantalla que es como una torre de control, una radio con señal a ese planeta inquietante, única zona que no tiene cabida en este museo.

Estimado Andrés, aquí la torre de control. ¿Está usted ahí? ¿Puede escucharme?

Estimado Andrés Antonio Valenzuela Morales, soldado 1°, carnet de identidad 39.432 de la comuna de La

Ligua, aquí la torre de control al habla. ¿Está usted ahí? ¿Puede escucharme?

Quiero creer que sí, que mi voz llega hasta ese lugar. Que desde algún parlante que todavía funciona en su nave desarticulada y estrellada usted puede oírme y quizá hasta alegrarse con mis palabras. Quiero creer que su micrófono hizo cortocircuito y que por eso no oigo lo que usted tiene para decirme. Quiero creer que cada vez que pregunto si está escuchándome, usted responde que sí, que la historia y la memoria lo han abandonado en ese sitio sin clasificación clara, pero que sigue con vida, en pie, esperando que alguien vaya a su rescate.

Creo que la maldad es directamente proporcional a la tontera. Creo que ese territorio donde usted se movía angustiosamente antes de desaparecer estaba gobernado por gente tonta. No es verdad que los criminales sean brillantes. Se necesita una dosis de estupidez muy grande para dirigir las piezas de una maquinaria tan grotesca, absurda y cruel. Pura bestialidad disfrazada de plan maestro. Gente pequeña, con cabezas pequeñas, que no comprenden el abismo del otro. No tienen lenguaje ni herramientas para eso. La empatía y la compasión son rasgos de lucidez, la posibilidad de ponerse en los zapatos del otro, de transmutar la piel y enmascararse con un rostro ajeno es un ejercicio de pura inteligencia.

Estimado Andrés, creo que usted fue finalmente un hombre inteligente.

Cada vez que vomitó luego de ver una ejecución. Cada vez que se encerró en el baño después de una sesión

---

53

de tortura. Cada vez que regaló a escondidas un cigarrillo o guardó de su almuerzo una manzana para un prisionero. Cada vez que transmitió algún mensaje a sus familiares. Cada vez que lloró. Cada vez que quiso hablar y no pudo. Cada vez que habló. Cada vez que repitió su testimonio a periodistas, abogados y jueces. Cada vez que se escondió. Cada vez que huyó por miedo a ser encontrado. Cada vez y cada día, usted ejerce y ejerció su lúcida inteligencia frente a la estupidez a la que fue a dar.

Usted imaginó ser otro. Usted optó por un otro. Usted eligió.

Ser estúpido es una elección personal y no necesariamente hay que llevar uniforme para ejercer ese maligno talento. Si yo le contara, estimado Andrés, en estos tiempos que todavía no son archivados en un museo, la cantidad de buenos que no lo son y nunca lo fueron. La cantidad de héroes que no lo son y nunca lo fueron. La cantidad de salvadores que no lo son y nunca lo serán. Me pregunto cómo contaremos la historia de nuestros días. A quién dejaremos fuera de las Zonas Amables del relato. A quién entregaremos el control de mando y la curatoría.

El coronel Cook, viajero espacial, náufrago perdido en ese planeta incierto, recibió por radio un último mensaje desde su hogar. En él sus superiores le informaban que no podrían ir a su rescate porque una gran guerra había estallado. Buenos y malos se despedazaban. Todo lo que él conocía como su mundo comenzaba a desaparecer. La memoria real del pasado sólo estaría contenida en la cabeza del coronel Cook. Desde ese momento él tendría la misión de recordar y testimoniar sobre aquel pasado que ya no existía. Abandonado en el encierro de ese lugar, que es un pequeño planeta en el espacio, pero que para el coronel Cook es la dimensión desconocida, él manda mensajes al vacío sobre un mundo que desapareció.

Estaban el Negro, el Yoyopulos, el Pelao Lito, el Chirola.
Yo era el único que venía de allá, por eso me pusieron esa chapa.
Y así quedé. Papudo.
No sé si me gustaba que me dijeran así.
Yo no me preguntaba esas cosas.
Era cabro, estaba recién entrando, no ponía problemas.
Ahora nadie me dice así.

Chile se me borra un poco, se me olvida. Pero Papudo no.
A veces me acuerdo de él. No de ese que yo era sino del lugar.
Del mar. Del olor de la playa y esa arena negra que se me
pegaba en los dedos de los pies.
También del gusto de las almejas.

ZONA DE CONTACTO

Lo imagino otra vez caminando por una calle del centro. Es el hombre alto, delgado, de pelo negro, con sus bigotes gruesos y oscuros. Creo que viste la misma ropa con la que lo vi en esa fotografía vieja de la revista *Cauce*, una camisa cuadrillé y una chaqueta de mezclilla. Esta vez no lo imagino fumando. Lleva las manos en los bolsillos, quizá capeando el frío de esta tarde de agosto de 1984. Ya estuvo con la periodista. Ya salió de su oficina y tiene un nuevo objetivo. A su lado va otro hombre que parece dirigir la caminata. Avanzan hasta una plaza, específicamente la plaza Santa Ana, entre las calles Catedral y San Martín. El lugar está lleno de gente. Transeúntes que se mueven igual que ellos de un punto a otro de la ciudad. Lo imagino observando cada rostro que se cruza delante de sus ojos. Mira ansioso intentando adivinar cuál de todos es su siguiente contacto. El tipo que parece esperar una micro, el que lee el diario en un banco, el que habla por teléfono desde una cabina, el que come sopaipillas con ají en el puesto del centro de la plaza. O los otros, cualquiera de los otros.

Al llegar a una esquina su acompañante se detiene. Con disimulo le dice que siga caminando, que a unos metros, en un sector de la plaza, están esperándolo. Imagino que el hombre sigue la instrucción. Imagino que a la distancia reconoce en un gesto discreto a su nuevo contacto. Es un hombre moreno, de pelo corto y bigotes, que lo observa detrás de un par de lentes oscuros. Parece un detective, pero no lo es. Imagino que el hombre que torturaba se dirige hacia él a paso normal, sin despertar sospechas en el resto de la gente. Una vez que llega a su encuentro, sin saludarlo, sin decirle absolutamente nada, el contacto se da media vuelta y le indica con una seña que lo siga hasta un auto. Es una renoleta que se encuentra estacionada con un chofer en su interior. Imagino que avanzan tranquilos y se suben con completa normalidad, como si se conocieran desde siempre, entrenados en el acto de la simulación. Imagino que una vez adentro se miran por primera vez a los ojos reconociéndose.

Soy abogado de la Vicaría. Sé quién es usted y sé lo que ha dicho a la gente de la revista, dice el nuevo contacto. O imagino que dice mientras el hombre que torturaba lo escucha entregado a la situación. También sé que tenemos poco tiempo para trabajar, así es que vamos a ir inmediatamente a los lugares que usted ha mencionado en su testimonio.

Imagino que el hombre no cuestiona, imagino que asiente porque es justamente esto lo que eligió hacer: hablar, mostrar, testimoniar. A la periodista. A este abogado, a quien quiera escucharlo mientras haya tiempo. Sin embargo la pregunta se le sale de la boca como un acto de mínima rebeldía. O quizá de cansancio. Puro cansancio.

¿Ahora?

Ahora, responde el abogado mientras el chofer echa a andar el motor de la renoleta.

Hace poco se estrenó el documental en el que trabajé sobre la Vicaría de la Solidaridad. Yo no estuve, andaba de viaje fuera de Chile. Lamenté no conocer en persona a todos esos personajes que habitaron la pantalla de mi computador y mi propia vida durante un tiempo. Sus rostros y sus voces terminaron siendo muy familiares para mí. Pasé muchas horas escuchándolos e intentando encontrar las claves de sus historias. Podría reconocerlos en la calle si los viera, mientras ellos ni se imaginan quién soy ni cuánto los he espiado.

Ahora que regresé veré la película en el cine. Conozco el corte final, pero quiero tener la experiencia de verla en pantalla grande, con sonido dolby stereo, sentada en una butaca cómoda y quizá, ¿por qué no?, consumiendo un paquete de cabritas. Invité a mi madre hoy a mediodía. Era el único horario que tenía disponible y que calzaba con las funciones, entonces la pasé a buscar y juntas llegamos al cine Hoyts La Reina como un par de espectadores más, escondiendo nuestra secreta relación con la película que veíamos.

La cartelera en el cine es variopinta. *Avengers 2, La Era de Ultrón* llena casi todas las salas en variadas versiones y horarios. Versión 2D doblada, versión 2D subtitulada, versión 3D doblada, versión 3D sin doblar, versión 4DX doblada y subtitulada, y así distintas opciones de los *Avengers 2* para no dejar a nadie disconforme con su necesidad particular y específica de ver a este grupo de superhéroes. La historia de la película va de un supervillano, Ultrón, que junto a su ejército de supermalvados intenta destruir a la humanidad. En su contra se lanzan los Avengers, quienes hacen sus mejores esfuerzos para salvar al mundo. Iron Man, Hulk, El Capitán América, La Viuda Negra, Thor, Ojo de Halcón, La Bruja Escarlata y otros connotados de la Marvel que no recuerdo son los protagonistas de la aventura. La supervelocidad de uno se complementa con la supervisión de otro, con la superfuerza, con la superinteligencia, con el superhumor y el supersexapil. Trabajan en conjunto, son bellos, divertidos, inteligentes y, aunque las cosas no les son fáciles, defienden al planeta. Con mi hijo vimos la película hace un par de semanas en una función colapsada de niños y adolescentes gritones, además de adultos como yo, que seguíamos la trama con gusto al ver a Robert Downey Jr. o a Mark Ruffalo combatiendo por la justicia. Y es que siempre es estimulante ver a gente atractiva luchando por la justicia.

Otros títulos que llenan la cartelera son *El séptimo enanito, Rápidos y furiosos, Héroe de centro comercial, La Cenicienta, El exótico Hotel Marigold 2, Zapatero a tus zapatos.* Casi cayéndose de la pantalla luminosa que anuncia los nombres de las películas en la boletería logramos encontrar las tres únicas funciones diarias del documental. Pagamos nuestras entradas, compramos un par de cafés cortados y entramos a la sala para ver la función de las 13.00 horas, mientras el resto del mundo almuerza o se prepara para hacerlo.

Un ejército de butacas rojas configura el inquietante y solitario paisaje en el interior de la sala. Un olor particular inunda el espacio. Olor a pinos del bosque, o a algún otro aroma etiquetado en un desodorante ambiental. Atrás quedan los carteles luminosos de la entrada con la venta de helados, con las ofertas de bebidas y cabritas, con los juegos electrónicos, los menús de pizza, los cajeros automáticos y la música del tráiler del futuro estreno cinematográfico. Como cruzando el umbral hacia el lado oscuro de la luna, la sala más pequeña del cine nos espera completamente vacía y en el más absoluto silencio. Un tiempo distinto al de afuera va pauteando nuestros pasos al entrar. Es un tiempo espeso y lento, lejano a la lluvia de estímulos que acabamos de sortear del otro lado de la puerta. Avanzamos en la penumbra intentando ubicar nuestros asientos. La pantalla aún no se enciende, entonces lo único que escuchamos son nuestras voces que intentan no quebrar la reservada atmósfera. Nos instalamos en el medio de la sala a esperar que la función comience con la extraña sensación de que somos observadas. Probablemente por el operador desde la cabina de proyección. O quizá por alguien del otro lado de esa enorme pantalla en blanco.

Recuerdo un episodio de *La dimensión desconocida*. En él una actriz mayor se encierra a solas en el gran salón de su casona a ver una y otra vez las películas en las que actuó cuando era joven. En un intento desesperado por retener el tiempo, nada ni nadie la pueden sacar de ese claustro en el que pasa sus días tomando whisky y observando en la oscuridad su propio pasado proyectado en la pantalla. Afuera de su mansión se encuentra la efervescente ciudad de Los Ángeles, sus antiguos amigos, su asistente, su fiel agente que intenta buscarle nuevas posibilidades de trabajo. Imagen de una mujer mirando una película. Mujer grande del cine de otros años. Alguna vez estrella brillante de un firmamento que ya no existe en el cielo, decía la voz del locutor cuando comenzaba el capítulo. Eclipsada por el movimiento de la Tierra y el tiempo, Bárbara Jean Trenton, cuyo mundo es una sala de proyección en la que sus sueños están hechos de celuloide, ha sido fulminada por los años que atropellan y huyen, y que la han dejado yaciendo en el desdichado pavimento, tratando de conseguir el número de patente de la fugaz fama.

Más allá de la intensa presentación con la que el locutor anunciaba la historia, el recuerdo de Bárbara tomando whisky frente a la proyección constante de su pasado se me cuela en la memoria en medio de este lugar vacío. Salvo por la presencia de mi madre a mi lado, en esta pequeña pero a la vez enorme sala, estoy tan sola como Bárbara. Y al igual que ella he venido para ver, una vez más, esas mismas imágenes añejas que me han perseguido durante años.

Luego de un par de publicidades el documental comienza. El sonido de una máquina de escribir inaugura los parlantes de la sala. Una gran hoja en blanco aparece en la pantalla y sobre ella un grupo de teclas tipea el nombre de la película. Lo que viene es otra vez La Moneda bombardeada, otra vez los bandos militares, otra vez el Estadio Nacional y los detenidos.

A diferencia de Bárbara Jean Trenton, yo no soy protagonista de lo que veo. No estuve ahí, no tengo diálogos ni participación en el argumento. Las escenas proyectadas en esta sala son ajenas, pero siempre han estado cerca, pisándome los talones. Quizá por eso las considero parte de mi historia. Nací con ellas instaladas en el cuerpo, incorporadas en un álbum familiar que no elegí ni organicé. Mi escasa memoria de aquellos años está configurada por esas escenas. En la sucesión veloz de acontecimientos en la que habito, en el torbellino de imágenes que consumo y desecho a diario, estas se han mantenido intactas frente al tiempo y el olvido. Como si fueran controladas por una fuerza de gravedad distinta, no flotan ni salen disparadas en el espacio dando tumbos sin dirección. Siempre están ahí, resistiendo. Vuelven a mí o yo vuelvo a ellas, en un tiempo circular y espeso como el que respiro en esta sala de cine vacía.

He dedicado gran parte de mi vida a escudriñar en esas imágenes. Las he olfateado, cazado y coleccionado. He preguntado por ellas, he pedido explicaciones. He registrado sus esquinas, los ángulos más oscuros de sus escenarios. Las he ampliado y organizado intentando darles un espacio y un sentido. Las he transformado en citas, en proverbios, en máximas, en chistes. He escrito libros con ellas, crónicas, obras de teatro, guiones de series, de documentales y hasta de culebrones. Las he visto proyectadas en innumerables pantallas, impresas en libros, en diarios, en revistas. He investigado en ellas hasta el aburrimiento, inventando o más bien imaginando lo que no logro entender. Las he fotocopiado, las he robado, las he consumido, las he expuesto y sobreexpuesto abusando de ellas en todas sus posibilidades. He saqueado cada rincón de ese álbum en el que habitan buscando las claves que puedan ayudarme a descifrar su mensaje. Porque estoy segura de que, cual caja negra, contienen un mensaje.

En el documental, uno de los entrevistados habla sobre el hallazgo de una tumba clandestina el año 1978. Un campesino se acercó a las oficinas de la Vicaría a entregar una valiosa información. En una mina de cal abandonada cerca de Santiago, en Isla de Maipo, decía haber visto un grupo de cadáveres escondidos. Rápidamente una comisión de abogados, sacerdotes y periodistas partió discretamente a constatar los dichos del hombre. Al llegar entraron a la oscura bóveda de la mina iluminados por una antorcha. Cuando intentaron remover los escombros, un tórax humano cayó encima de uno de ellos avalando la información que se les había confiado. En ese mismo momento, al mirar hacia arriba, descubrieron que las chimeneas de los hornos estaban tapiadas por fierros y un enrejado que ocultaba una mezcla de huesos, ropa, cal y cemento. Eran quince los cadáveres que estaban escondidos en la mina.

No fue fácil saber de quiénes eran esos cuerpos. Luego de una larga investigación, gracias a los peritajes y a la información acumulada en los archivos de la Vicaría, se logró determinar que los cadáveres exhumados correspondían a un grupo de personas que habían sido detenidas en octubre de 1973. Después de años buscando a sus seres queridos con vida, los familiares reconocieron con horror los cuerpos desenterrados, cerrando definitivamente la esperanza de un reencuentro. Todas esas historias inventadas frente a la ausencia y el vacío, esas fantasías en las que los padres, hermanos o hijos desaparecidos estaban en una isla desierta, a salvo, escondidos en algún lugar del mundo esperando una buena oportunidad para mandar noticias o volver, comenzaron a desmoronarse. Este descubrimiento fue la primera constatación de que los prisioneros que aún no aparecían seguramente habían sido asesinados. Desde ese momento el esfuerzo de las familias y de los profesionales se concentró en la búsqueda de cadáveres.

Mi mamá escucha y llora despacito a mi lado.

Hace pocos meses se recuperó de una depresión que la tuvo bastante mal. Después de la muerte de su madre y de su jubilación, se fue internando lenta, pero certeramente, en un tiempo angustioso. Su escenario cambió por completo. Como si hubiera ingresado al hall de entrada de este cine, de pronto se vio inmersa en una oferta de posibilidades que nunca antes manejó. Versión 2D doblada, versión 2D subtitulada, versión 3D doblada, versión 3D sin doblar, versión 4DX doblada y subtitulada. Muchos títulos nuevos, muchas películas, y ella de pie frente a la boletería, vulnerable a ese torbellino de estímulos. Quién era y cómo había llegado hasta ese momento poco importaba. La lógica de la causa y el efecto había sido desmantelada. El capítulo anterior estaba cerrado y todo lo que constituía su pasado quedaba obsoleto frente al mar de perspectivas que se abría por delante. Entonces, sin un propósito anterior que guiara sus elecciones, sin un guión sólido de esos que se escriben por años, sin una fuerza de gravedad que pauteara el sentido de sus elecciones, liviana y frágil, mi mamá salió disparada al espacio. Se perdió como se pierden los recuerdos en la memoria. Y ahí anduvo transitando por esa cuerda floja mientras intentábamos lanzarle un cable a tierra que le devolviera el peso y la gravedad. Mi mamá ingresó a ese inquietante territorio en el que habita el ochenta por ciento de mis compatriotas. Un lugar angustioso y veloz, pauteado por psiquiatras, antidepresivos, ansiolíticos y pastillas para dormir.

Ahora, mientras la escucho llorar, pienso que no fue una buena idea invitarla. Hace unas semanas cambió su dosis de Sentidol. En vez de tres pastillas diarias ahora toma dos. Además decretó, contradiciendo a su psiquiatra, que no usaría más el Lorazepam para dormir porque a los setenta y seis años no quiere transformarse en una drogadicta, así dice. Ya no duerme, o lo hace a unas horas insólitas, lo que la tiene completamente inestable y nerviosa, rascándose la cabeza y las manos el día entero hasta herirse la piel, pero felizmente lejos del peligro de la drogadicción. Convaleciente como está, debiera haberla llevado a ver una película más luminosa. He trabajado tanto con estas imágenes que como un buitre me he acostumbrado a ellas y he perdido toda sensibilidad frente a lo que generan. El escalofrío revelador que sentí al conocerlas se terminó transformando en algo cotidiano y corriente. Ahí están otra vez esos retratos de los hornos de Lonquén. Veo los cráneos perfectamente ordenados luego de la exhumación. Veo a los familiares rezando y llorando con la fotografía de sus seres queridos prendida en el pecho. Veo, y pienso que faltaron algunas imágenes. Mi cerebro robotizado analiza, suma y resta, reconstituye el Archivo Lonquén de mi computador, hace clic y desclasifica algunas escenas y fotografías que se trabajaron, y concluye que en este corte final se perdieron algunas más efectivas, más elocuentes.

Pero mi madre a mi lado no necesita más elocuencia. No es una máquina y para ella basta y sobra con lo que circula en la pantalla. Su memoria es frágil y gracias a eso se ha mantenido a salvo de estos materiales. Por eso ahora observa y, como si se estuviera enterando por primera vez, no puede evitar llorar. La sugerencia de lo pasado activa sus emociones y todo se vuelve presente. Lonquén está ahí, ocurriendo frente a sus ojos casi cuarenta años después. En este tiempo frenético y roto que habitamos, este que deja caer los recuerdos, mi madre puede ver la misma película mil veces y emocionarse cada vez como si fuera la primera.

Creo que mi madre también es un poco Bárbara Jean Trenton en esta sala solitaria.

Todo lo que ve en este momento pertenece a su pasado. Las imágenes proyectadas vuelven presente un tiempo que es más de ella que mío, pero que ha intentado sanamente olvidar mientras que yo lo heredé como una obsesión enfermiza.

El hombre que habla de las tumbas clandestinas es un abogado. Lo conozco bien porque es parte del coro de voces que he escuchado una y otra vez durante este último tiempo. Es un poco menor que mi madre, debe tener unos sesenta y tantos años. Conversa con claridad y, a diferencia del resto de los entrevistados, a ratos parece emocionarse cuando recuerda algún suceso en el que participó. Los hornos y los muertos de Lonquén quedaron atrás en la película, y ahora él explica a cámara cuál era su trabajo en la Vicaría. Dice que era el jefe de la Unidad de Detenidos Desaparecidos. Su tema eran los muertos; su objetivo, seguirles la pista y cazar sus cuerpos donde fuera que estuviesen. Viajó por Chile entero en esa búsqueda. Le decían el sabueso porque olfateaba la sangre.

Ahora habla de los informantes que le ayudaron en esta tarea.

De uno en especial.

Uno que era miembro activo de los servicios de inteligencia en el momento en el que se presentó a testimoniar.

El abogado cuenta que a este hombre lo contactaron a través de una revista a la que llegó desesperado a entregar su declaración. Quiero hablar, dice que dijo. Cuenta que después de leer lo que este hombre había informado a la periodista con la que se contactó, accedió a conocerlo y a entrevistarlo. Luego vino esa tarde de agosto en la plaza Santa Ana y el comienzo de una relación que ya he intentado imaginar.

La pantalla de mi celular se enciende. Me ha llegado un mensaje a través del WhatsApp. Es de mis amigos, los directores de la película que estamos viendo. Les conté que vendría y ahora me escriben con curiosidad preguntándome cuántos espectadores hay en el cine. Yo miro la legión de butacas rojas, todas vacías. Desde la sala de arriba se cuela un sonido estremecedor, como el de una explosión. Siento que las paredes y el suelo vibran un poco. Ultrón debe estar en plena lucha con los Avengers, seguramente en medio de la secuencia más intensa de la película, esa que entierra a todos los espectadores en sus asientos, sacudiendo los paquetes de cabritas, que a estas alturas deben estar desparramadas por el piso. Aquí en cambio mi madre, única espectadora virgen de esta sala, llora suavecito mientras en la pantalla se ve al abogado hablando a cámara. Yo sigo pensando que faltaron imágenes en el documental, que había otras más fuertes, más remecedoras. Quizá debimos haber hecho algunas reconstituciones de escena, con peleas descarnadas, con algún encuentro cuerpo a cuerpo con un milico malvado.

Quizá debimos haber contratado estrellas como Robert Downey o, siendo más realistas, como algún rostro de la telenovela de la tarde. Quizá debimos haber puesto algún efecto especial, o por lo menos haber fotoshopeado arrugas y canas, musicalizado con una banda sonora grandilocuente cada una de las secuencias y sumado al guión algo espectacular y estremecedor como el ruido de esa explosión que sigo escuchando desde arriba. Es la hora de almuerzo, el documental que veo es una película extraña para un cine como este, guarda cierta lógica que estemos solas con mi madre aquí, pero así y todo no me atrevo a contestar la pregunta que mis amigos me han hecho. No les puedo confesar que la única espectadora real que existe en esta sala ha sido traída por compromiso y que tal vez llore sólo por efecto de la baja de su dosis de Sentidol. Sin mentir les escribo que he venido con mi mamá y que está muy emocionada. Luego les digo que me comunicaré cuando termine la función, y apago el celular.

En la pantalla el abogado sigue hablando. Dice que lo primero que hizo junto al hombre que torturaba fue ir en la renoleta a algunos lugares donde habían sido enterrados detenidos desaparecidos. El abogado dice que el hombre que torturaba recorría los espacios intentando recordar. Que contaba los pasos, que hacía cálculos mentales, que removía la tierra con los pies y las manos. De imaginarla, por lo menos para mí, la escena me parece conmovedora. Un hombre tratando de convocar sus peores recuerdos, intentando con meticulosidad desclasificar detalles oscuros de su memoria.

El abogado dice que también fueron a ver algunos recintos de detención. Los visitaban por fuera, los miraban

escondidos desde el auto mientras el hombre que torturaba relataba lo que ahí había visto. El abogado dice que fue
una tarde larga recorriendo y registrando. El abogado dice
que después de este periplo llegaron a un local reservado
de la Iglesia Católica en el que los esperaban. Ahí pidieron
expresamente no ser molestados. El abogado dice que se
acomodaron, que él sacó una grabadora y se instalaron a
trabajar. El abogado dice, y yo voy imaginando y escenifi-
cando mientras lo hace, porque conozco tan bien sus palabras que podría repetirlas de memoria imitando incluso
la inflexión de su voz.

Mire, yo voy a grabar, pero no me voy a quedar mucho con la grabación sino con sus palabras. Yo quiero que
usted me hable y mientras lo haga yo voy a escribir. Para
mí escribir significa fijar sus palabras. Para mí escribir significa darme cuenta y entender lo que usted dice y lo que
le debo preguntar.

El abogado cuenta que luego de esta explicación puso
la grabadora a trabajar. Que la cinta giraba en el aparato
registrando la voz de ese hombre que recordaba con frases
parcas, justas, sin adjetivar.

Treinta años después de aquel encuentro, en la pantalla
de este cine, el abogado introduce un viejo casete en una
grabadora. Es una grabadora antigua de esas que ya no se
usan. Aprieta play con cuidado, la cinta gira en su interior
y por los parlantes pequeños del aparato comienza a salir
con cierta interferencia la voz de un hombre.

Es él. Lo que escucho desde los parlantes de esta sala
es la voz de Andrés Antonio Valenzuela Morales, soldado
1°, carnet de identidad 39.432 de la comuna de La Ligua.
Sus palabras sin mediar el tiempo ni la mala memoria.

Testimoniando ahí mismo, a pocas horas de la angustia suicida, con el olor a muerto encima, todavía intentando sacárselo del cuerpo.

Cada vez que vi esta imagen en los cortes anteriores de la película, intuitivamente me acerqué a la pantalla de turno que tenía enfrente para oír con mayor claridad. Ahora el sonido dolby de la sala me permite escuchar sin moverme de mi butaca roja. Mientras el abogado oye el testimonio que levantó hace décadas, la voz del hombre que torturaba, atrapada en ese presente continuo que gira en la cinta del casete, atraviesa el cine entero para llegar hasta mí. Es la primera vez que la escucho claramente. De verdad es parca, no adjetiva los sustantivos, habla lo justo. Menciona algunos agentes, algunas víctimas, un operativo en especial que no alcanzo a reconocer. El Fanta chico, el Fanta grande, dice. Va escupiendo recuerdos, intentando identificar prisioneros, fijando datos, nombres, fechas.

Yo no sabía que iba terminar haciendo esto.
Si lo hubiera sabido,
habría guardado esos carnés que me tocó romper.
Ahora sabríamos de quién estamos hablando.
No recuerdo nombres, recuerdo apodos, chapas.
A este le pusimos el Relojero. A este el Vicario.
A este le decían el compañero Yuri.

Para mí escribir significa fijar sus palabras. Para mí escribir significa entender lo que usted me dice, dijo el abogado hace un rato frente a nosotras en la pantalla de esta sala. Y lo dijo antes frente a mí en mi computador. Y lo dijo antes frente a mis amigos y su cámara cuando lo entrevistaron. Y lo dijo antes frente al mismo hombre que torturaba, hace muchos años, cuando grabó su declaración. Y lo seguirá diciendo cada vez que esta película se proyecte y alguien, en algún lugar, aunque sea un solo espectador, quiera verla. La cámara logra fijar, lo mismo que la escritura fija aquí y en los apuntes que tomó alguna vez el abogado, las palabras del hombre que torturaba. Fijar para que el mensaje no se borre, para que lo que aún no entendemos alguien en el futuro lo descifre. Fijar para anclar a tierra, para dar peso y gravedad, para que nada salga disparado al espacio y se pierda.

El tiempo hace un paréntesis en esta sala de cine vacía, que es no es más que una cápsula espaciotemporal, una nave en la que mi madre y yo viajamos pauteadas por un reloj a destiempo, el mismo que dirige las horas en la casona de Bárbara Jean Trenton en *La dimensión desconocida*. Un día llegó su fiel agente a visitarla y no la encontró en el salón. La botella de whisky estaba derramada en el suelo y el proyector encendido, mostrando una cinta antigua de esas que ella tanto veía. El agente miró la película que corría en la pantalla. Ahí todo circulaba como siempre, los mismos parlamentos, las mismas acciones, las mismas imágenes, pero con una sola e inquietante modificación. Bárbara había cruzado los umbrales de lo conocido entrando a una dimensión tan vasta como el espacio y tan eterna como el infinito. Punto medio entre la luz y la sombra, entre la ciencia y la superstición. Bárbara Jean Trenton ya no habitaba el tiempo conocido, se había sumergido en el pasado y desde la pantalla sonreía a su fiel amigo despidiéndose. Su sonrisa se fijó en el celuloide como una huella imborrable.

La sala vibra con otra explosión de los *Avengers 2*. De reojo veo a mi madre que observa conmovida las imágenes, sin oír el estruendo de arriba, probablemente porque es sorda de un oído. En la película el abogado detiene el casete y la voz del hombre que torturaba ya no se escucha. No importa, yo la fijaré aquí. Lo que sigue son las secuencias que ya conozco y que me anclan a esta butaca roja como un cinturón de seguridad. Otra vez La Moneda bombardeada. Otra vez los bandos militares y el Estadio Nacional con los detenidos.

Soy una actriz decadente y solitaria que toma whisky el día entero intentando descifrar imágenes añejas que se repiten y se repiten.

Mi cabeza se quedó en el Nido 18.
Y en el Nido 20. Y en el Remo Cero.
También en Colina y en esa escalera de caracol que había en
el AGA para llegar al subterráneo.
Yo nunca había visto una.
Antes de que bajáramos nos formaron en fila.
Nos dijeron que todo lo que íbamos a ver teníamos que olvidarlo.
Sacarlo de la cabeza.
Que el que recordaba era hombre muerto.

A mí me gustaba el mar.
Quería ser marino, para estar en el mar.
Pero entré a la Fuerza Aérea.
Partí en la Base de Colina. Duré poco.
Luego me mandaron a la Academia de Guerra
a cuidar prisioneros de guerra.
Así me dijeron: prisioneros de guerra.
Cuando llegamos fue que nos formaron en una fila.
Bajamos al subterráneo por esa escalera caracol llena de tubos.
Yo pensé que era como un submarino.
Abajo había mucha gente parada.
Tenían los ojos vendados y las manos esposadas.
Otros, los prisioneros más importantes, estaban en el pasillo.
Tenían carteles pegados en sus espaldas.

«Sin agua ni comida». «De pie por 48 horas».
Yo nunca había estado sin agua ni comida.
Tampoco de pie por tanto rato.
Ni siquiera en mis pocos meses de servicio militar
había pasado por algo así.

La primera noche sonó una alarma.
Todo se oscureció.
Había ametralladoras punto cincuenta
ubicadas en lugares estratégicos.
Desde ahí se encendieron los reflectores.
La luz me encandiló. Me dolieron los ojos.

Teníamos la instrucción de que si eso pasaba,
todos los prisioneros tenían que tirarse al suelo
con las manos en la nuca.
Incluso los del cartel «De pie por 48 horas».
Si el oficial daba la orden
debíamos disparar a los detenidos a matar.

Yo nunca había matado a nadie.

El oficial de turno se paseó con una granada en la mano.
Nos miraba a nosotros, no a los detenidos.
Le sacó el seguro a la granada y nos dijo que si queríamos
rescatar o ayudar a algún prisionero nos olvidáramos.
Que si alguien hacía algo él tiraba la granada en el pasillo.
Que si alguien hacía algo íbamos a morir todos por huevones.

Estuve seis meses encerrado ahí.
Después me llevaron a las casas de seguridad.
Al Nido 18. Al Nido 20. Al Remo Cero.
Tenía diecinueve años.

Los hermanos Flores eran tres. Por lo menos los que estuvieron detenidos. Boris Flores, Lincoyán Flores y Carol Flores. La historia de su detención es tan similar a las que ya he imaginado que en este punto todo se mezcla y se confunde en una plantilla de acción predecible y hasta aburrida.

Es mediodía y el joven Boris se encuentra en la puerta de su casa cuando ve cuatro autos y una liebre policial entrar lentamente por su calle. Desde el primero de los autos se asoma un carabinero de rostro encapuchado que señala su casa. El joven Boris sabe lo que viene y eso lo aterra. Entra nervioso, se esconde rápidamente intentando escapar, pero cualquier intento es inútil porque desde ese momento todo lo que sigue es la proyección de imágenes ya visitadas y escritas aquí con anterioridad. Hombres bigotudos que salen de los autos, hombres de civil que echan abajo la puerta, que recorren la casa, que dan vuelta muebles, que encuentran a Boris y lo agarran y lo golpean y lo patean en el suelo. Y su madre que grita y su sobrina que llora. Y los vecinos que se hacen los desentendidos y se esconden, y no ven o no quieren ver.

Y entonces aparecen los otros dos hermanos, Carol y Lincoyán. Han escuchado el escándalo desde algún lugar y llegan alarmados. Como es de imaginar, los dos son apresados y golpeados en el suelo también. Y de nada sirven los ruegos de la madre, los llantos de la sobrina ni la resistencia de los Flores. Como es de imaginar, entre patadas y combos, el comando de agentes se lleva a los tres hermanos de la casa de su madre con destino desconocido.

Diez años después de esta detención en la que no participó, el hombre que torturaba se encuentra en un salón parroquial. Es uno de esos que sirven para reuniones o convivencias comunitarias, pero que ahora está desocupado, disponible únicamente para él y para el abogado con el que trabaja. La luz de una ampolleta los ilumina. Hay un par de tazas de té o café humeando sobre la mesa, servidas hace poco por alguna monja discreta que no pregunta ni observa de más. Hay también un cenicero con algunas colillas apagadas develando que ha transcurrido tiempo desde que llegaron.

Los imagino sentados. Uno frente al otro, mirándose a los ojos. El hombre que torturaba a ratos distrae la mirada en esa cinta que gira y gira en la grabadora del abogado. Imagino que la mesa se ha llenado de fotografías. El hombre que torturaba las observa y trata de identificar esos rostros. Son muchos. No recuerda nombres, recuerda apodos. A este le decíamos el Vicario, a este el Relojero, a este el compañero Yuri, dice. Son todas fotos que han entregado los familiares de esa gente desaparecida. El abogado les sigue la pista, ese es su trabajo, por eso las ha traído y las confronta con la memoria de este hombre.

Cada una de estas fotos es una postal enviada desde otro tiempo.

Una señal de auxilio que pide a gritos ser reconocida.

El hombre que torturaba las mira intentando descifrar lo que esconden. Territorios habitados por vidas e historias ajenas. Países limitados por sus propias biografías, regulados por leyes inventadas en la sobremesa de cada casa. El mundo Contreras Maluje, el mundo Weibel, el mundo Flores. Planetas de los que sólo se puede escuchar el mensaje transmitido por esas caras sonrientes que miran a cámara suplicando el reconocimiento.

Recuerda quién soy, dicen.
Recuerda dónde estuve, recuerda lo que me hicieron.
Dónde me mataron, dónde me enterraron.

El hombre que torturaba tiene una de esas fotos entre las manos. La observa con detalle. En ella aparece un hombre joven con un niño en brazos. El hombre mira a la cámara y sonríe con una mueca tímida, mientras el niño pequeño, no creo que tenga un año, parece algo sorprendido. En ese planeta en el que habitan, el niño probablemente debe ser el hijo del hombre que lo sostiene. Usa zapatitos blancos y unos calcetines cortos que quizá le compró la madre que no se ve, pero que es parte de ese mundo que habla a través de la fotografía.
Imagino que el hombre que torturaba imagina ese mundo. Imagino que logra, lo mismo que yo, leer en esa imagen impresa el momento en que fue sacada la foto. Intuye la casa donde se encuentran, la familia que los rodea, y en ese ejercicio, imagino, un leve escalofrío le recorre el cuerpo.

Recuerda quién soy, escucha.
Recuerda dónde estuve, recuerda lo que me hicieron.
Dónde me mataron, dónde me enterraron.

El hombre que torturaba dice que su trabajo en los subterráneos de la Academia de Guerra era sentarse frente a las piezas de los detenidos y, fusil en mano, vigilar que no hablaran. La primera pieza que estuvo a su cargo fue la número dos. En ella se encontraba Carol Flores, el mismo que ve en la fotografía que tiene en su mano.

Le decíamos Juanca, pero su nombre era Carol, dice.

Los hermanos Flores fueron torturados en la Academia de Guerra. El joven Boris escuchó los gritos de Carol mientras lo interrogaban. A su vez, Carol escuchó los gritos de Lincoyán. A su vez, Lincoyán escuchó los gritos de Boris.

Un día al menor de los Flores lo sacaron de la pieza en la que estaba y lo trasladaron en una camioneta. El joven Boris viajó en el suelo, aplastado por los pies de sus captores, quienes le anunciaron que lo matarían. El joven Boris imaginó un disparo en la nuca o una ráfaga de metralleta por la espalda mientras corría por algún sitio baldío. Pensó en sus hermanos Carol y Lincoyán, volvió a escuchar sus gritos de dolor desde la sala de interrogatorios. Quizá también pensó en el llanto de su madre y de su sobrina, lo último que oyó antes de ser detenido. Quizá también pensó en su padre, o en Fabio, su otro hermano, o en su novia, porque debe haber tenido alguna novia. Pero fuera lo que fuera lo que cruzó su cabeza como último pensamiento, se vio interrumpido por el freno brusco de la camioneta.

Las puertas se abrieron de golpe. La venda que llevaba en los ojos no lo dejó ver mientras avanzaba, pero rápidamente comprendió que estaba otra vez en el AGA. Otra vez en la sala de interrogatorios. Cuando le sacaron la venda comprobó que no se encontraba en un sitio baldío con el fusil de algún conscripto en su nuca. No lo iban a matar. Nunca quisieron hacerlo. Ese paseo del que había regresado era una especie de advertencia, así lo creyó. Pero antes de que pudiera reflexionar más sobre lo vivido, un hombre le anunció que firmaría una declaración y luego lo soltarían. Boris accedió y horas después, entre patadas y combos, como es de imaginar, lo fueron a tirar al centro de Santiago. El joven Boris apenas entendía lo que pasaba, pero en cuanto se recuperó del asombro, tomó una micro y llegó a la puerta de la casa de su hermano Fabio, donde se desplomó cuando le abrieron.

Mi hijo tiene catorce años. Hace un tiempo comenzó a andar en micro solo. Lo hace con normalidad, pero no me gusta que viaje de noche, ni tampoco que lo haga a lugares desconocidos. Él respeta mis aprensiones, es cuidadoso y me llama y me avisa, y aún no se rebela a mis dinámicas de control. Boris Flores tenía tres años más que mi hijo y cruzó la ciudad en micro, probablemente de noche, herido y descompuesto luego de un mes de encierro. No puedo imaginar lo que su madre sintió al ver su detención. No puedo ni siquiera acercarme a lo que cruzó su mente cuando vio cómo lo golpeaban y se lo llevaban. No sé cómo resistió ese mes completo sin saber de él, buscándolo e imaginándolo. No sé cómo habrá reaccionado cuando supo que estaba de vuelta, cuando lo vio regresar a la casa y pudo abrazar ese cuerpo de diecisiete años, herido por los golpes eléctricos y la tortura.

Al llegar el joven Boris se sorprendió al ver a su hermano Lincoyán de vuelta en casa. A su vez, Lincoyán se sorprendió al ver a su hermano Boris de vuelta en casa. A su vez, los dos se sorprendieron al ver que su hermano Carol no volvía.

El hombre que torturaba dice que él siguió haciendo su trabajo con los prisioneros. Aprendió a llevarlos a las sesiones de tortura. Aprendió a traerlos de vuelta. Aprendió a vigilar que no hablaran entre ellos, aprendió a hacer que comieran y que se mantuvieran de pie, si les correspondía. Aprendió bien y, al cabo de un tiempo, fue seleccionado para ser parte de los grupos de reacción, así dice. Era llevado a los operativos, controlaba el tránsito mientras el resto allanaba y detenía gente.

Paralelamente, en ese escenario que era el subterráneo de la Academia de Guerra, imagino que Carol Flores seguía encerrado en la pieza número dos. Desde esas cuatro paredes imaginaba a sus hermanos en aquella casa materna desde donde fueron secuestrados y donde ahora seguramente se preguntaban por él. Un plato de sopa demás era servido y se enfriaba a diario en la mesa de los Flores. Un asiento quedaba vacío esperándolo en cada almuerzo, cada cena.

El hombre que torturaba dice que un día no vio a Carol Flores en la pieza número dos. No había sido llevado a la sala de interrogatorios ni estaba en el baño ni en ningún otro lugar. Los prisioneros iban abandonando de a poco los subterráneos del AGA para irse a otros centros de detención, así es que el hombre que torturaba supuso que a Carol Flores se lo habían llevado.

El joven Boris sonrió feliz cuando vio a su hermano Carol de vuelta en casa. A su vez, Lincoyán hizo lo mismo.

A su vez, su hermano Fabio y sus padres y su mujer y hasta su hijo recién nacido sonrieron también cuando lo vieron regresar.

Ese día Carol Flores se sentó a la mesa a tomar la sopa servida y no sonrió. Comió lentamente mientras todos lo observaban. Se llevaba la cuchara a la boca en un ejercicio autómata. El joven Boris le preguntó, y a su vez Lincoyán lo hizo callar. El joven Boris le volvió a preguntar, y a su vez su hermano Fabio lo hizo callar. El joven Boris le siguió preguntando, y a su vez sus padres y su cuñada lo siguieron haciendo callar. Y así, el tercero de los Flores no dijo absolutamente nada durante la cena. No habló de los tres meses de encierro, no habló de lo que había pasado ahí dentro, ni de cómo y por qué lo habían soltado. Apenas dijo algo cuando conoció a su pequeño hijo. Los Flores, por un breve momento, dudaron si ese que estaba sentado con ellos en la mesa era el mismo que se habían llevado hace tres meses.

Carol Flores no buscó trabajo. Se quedó a diario en su casa, fumando, sentado en uno de los sillones, probablemente viendo televisión. Su mujer cuidaba a su hijo recién nacido y observaba a este hombre extraño que le habían traído de vuelta. Recordaba al otro, a ese con el que se había emparejado, un joven inquieto y lleno de energía, el mismo que había participado en las tomas de terreno, el mismo que se movilizaba entusiasta en la militancia de su partido y en su trabajo. Uno extrovertido y cariñoso, distinto, tan distinto a este hombre silente del sillón.

Un día cualquiera de televisor, cigarrillo y pañales, la mujer de Carol se asomó por la ventana de su casa y vio en la calle una imagen aterradora. Afuera, junto a un auto, se encontraba uno de los hombres que había participado en la detención de los Flores. La mujer gritó asustada. Temió lo peor. Que se llevaran a Carol otra vez, que lo golpearan hasta matarlo. Que se la llevaran a ella, que la golpearan hasta matarla. Que su hijo quedara solo llorando en la casa vacía. Pero nada de eso ocurrió. Al escuchar su grito, Carol se asomó a la ventana y con una voz que ella nunca había escuchado le dijo: Tranquila, es sólo el Pelao Lito. Carol Flores salió a encontrarse con el hombre que lo esperaba afuera. Desde ese día ese hombre se transformó en su sombra.

Hace poco vi un documental del francés Chris Marker. En él se cuenta un episodio de la Segunda Guerra Mundial que yo desconocía: los suicidios colectivos en la isla de Okinawa. En 1945 los aliados llegaron a invadir la isla, punto estratégico para conseguir la baja definitiva de Japón. El detalle de la batalla lo desconozco, pero lo que más me conmovió y quiero relatar fue el testimonio de un viejo sobreviviente que narraba a cámara lo que había vivido.

Shigeaki Kinjo era un joven veinteañero cuando ocurrió todo. Kinjo cuenta que en el momento en que fue inminente el desembarco de los aliados, los soldados japoneses se desplegaron por la isla entregando granadas a los guerrilleros y a los civiles. La instrucción fue clara: no rendirse nunca al enemigo. Cuando los aliados llegaran los japoneses de Okinawa debían ocupar las granadas para suicidarse. No importaba si eras militar o civil, hombre o mujer, niño o anciano, tu destino era la muerte. El Emperador lo ordenaba.

Supongo que el ejército japonés tenía clara la derrota. De otra manera no me explico esta drástica decisión. Cuando llegó el día en que los barcos aliados comenzaron a vislumbrarse desde las costas, los japoneses de Okinawa, que observaban atentos, ya sabían lo que debían hacer. Quizá alguno pensó en desobedecer las órdenes del Emperador y entregarse a los aliados, pero les habían advertido que el enemigo era un demonio cruel que violaría a sus mujeres, cortaría sus cabezas, quemaría sus casas y luego aplastaría sus cuerpos con los tanques.

Cuando llegó el momento del suicidio, las granadas no funcionaron. Por lo menos para la población civil que nunca las había ocupado. Desconcertados, nerviosos, asustados, los japoneses de Okinawa no sabían qué hacer. El enemigo acechaba y ellos no tenían manera de salvar con la muerte a sus familias, a sus mujeres, a sus hijas, a sus ancianos padres. Kinjo cuenta que vio a uno de sus desesperados vecinos tomar las gruesas ramas de un árbol y con ellas golpear a su esposa y a sus hijos. El hombre lloraba mientras lo hacía, pero tenía la convicción de que ese gesto era un gesto salvador. Los gritos de su familia no lograron aminorar la rudeza de los golpes. Cada garrotazo era superado por otro aún más brutal. Uno, dos, veinte, treinta golpes. O quizá más, hasta que la mujer y los hijos terminaron muertos en el suelo.

Un silencio oscuro se hizo en ese rincón de la isla.

Todos los que presenciaron la escena se quedaron quietos y mudos.

Por un momento la histeria colectiva se apaciguó frente a los cuerpos ensangrentados de esa familia.

El joven Kinjo estaba ahí. Sus ojos de niño hombre miraban asustados. Quizá oyó pasar una bandada de pájaros cruzando el cielo. Quizá escuchó a lo lejos las olas del mar azotándose contra algún acantilado. O quizá alguien volvió a gritar y eso reactivó las mentes y los cuerpos y entonces fue el principio del fin. Sin pensarlo mucho, Kinjo y otros desesperados japoneses tomaron otras gruesas ramas de otros gruesos árboles y con ellas comenzaron a golpear a las otras esposas, a las otras hermanas, a los otros ancianos. Kinjo azotó la cabeza de su madre. Luego hizo lo mismo con sus hermanos menores. Kinjo lloró mientras lo hacía, así lo dijo a cámara, pero tenía la convicción de que ese gesto era un gesto salvador. Los gritos de su familia no lograron aminorar la rudeza de los golpes. Cada garrotazo era superado por otro aún más brutal. Uno, dos, veinte, treinta. O quizá más, hasta que su madre y sus hermanos terminaron muertos, ensangrentados y deformes, junto al resto de esa gran familia de la isla de Okinawa.

La historia de Japón quiso borrar este episodio de los textos de estudio.

La historia de Japón quiso borrar este episodio de su Historia.

El joven Kinjo, que ahora es un viejo, quiso suicidarse luego de haber matado a su familia, pero no lo logró. Ahora se avergüenza cuando habla a cámara. Dice haber actuado contra la naturaleza, pensando que estaba en lo correcto, que hacía algo heroico siguiendo la orden del Emperador. Su acción fue tan cruel como la que habría tenido un enemigo. Y es que el joven Kinjo, que ahora es un viejo, dice haberse convertido, sin quererlo, en su peor enemigo. El joven Kinjo, que ahora es un viejo, dice que no es tan difícil transformarnos en lo que más tememos.

Pienso en Carol Flores y en esa extraña cercanía que comenzó a tener con el hombre que lo había detenido: el Pelao Lito. Pienso en el delgado límite que cruzó para acercarse a su adversario, para recibirlo en su casa, para dejar de temerle cuando llegó a buscarlo.

Cuando el joven Boris supo de esta relación le preguntó a su hermano Carol sobre ella, pero este no contestó. Cuando Lincoyán supo, también le preguntó. Y Fabio y sus padres hicieron lo mismo, pero Carol nunca respondió.

El hombre que torturaba dice que conoció bien al Pelao Lito. Su nombre real era Guillermo Bratti, soldado de la Fuerza Aérea, igual que él. Venía de la Base Aérea de El Bosque y pasó también por el AGA. Luego se lo encontró en la Base Aérea de Cerrillos donde fueron trasladados, y desde ese momento comenzaron a trabajar juntos en el mismo grupo de choque antisubversivo. Ahí estaban todos juntos con el Chirola, con el Lalo, con el Fifo, con el Yerko, el Lutti, el Patán. Su objetivo era desintegrar el Partido Comunista y por eso el Pelao Lito fue seleccionado para trabajar con un informante del partido. Ese informante era Carol Flores, alias el Juanca.

Lo mismo que hace en este momento el hombre que torturaba, Carol Flores, o el Juanca, comenzó a hacerlo diariamente. El Pelao Lito lo pasaba a buscar y lo llevaba en auto a las oficinas a clasificar información. Carol Flores, o el Juanca, se sentaba en una mesa similar a la de este salón parroquial y en ella interpretaba testimonios recogidos en los interrogatorios de los detenidos. También se enfrentaba a mil rostros fotografiados y también debía reconocerlos. Este es Arsenio Leal, este es Miguel Ángel Rodríguez Gallardo, el Quila Leo, este es Francisco Manzor, este es Alonso Gahona, imagino que dijo. El hombre que torturaba dice que Carol Flores, o el Juanca, se transformó en uno más de ellos. Tenía su propia arma y comenzó a participar de las detenciones y de los interrogatorios de sus antiguos camaradas.

¿Sabía el joven Boris de esto? ¿Lo sabía Lincoyán? ¿Lo sabía Fabio?

Un día el padre de Carol recibió una visita de su hijo. Este le pidió que saliera de la casa para conversar, no quería que nadie los escuchara. Ahí, por primera vez, Carol le contó a su padre lo que había vivido en su detención. Le habló de los subterráneos del AGA, de los interrogatorios, de las sesiones de tortura, de los gritos del joven Boris, de los gritos de su hermano Lincoyán. Le relató aquel pacto final que había decidido firmar con sus enemigos. Colaboraría con ellos si soltaban a sus hermanos y los liberaban de toda posibilidad de detención. Y así ocurrió. Los Flores quedaron libres de peligro a cambio del alma de Carol. Carol estaba convencido de que ese gesto era un gesto salvador.

¿Sabía el joven Boris de esto? ¿Lo sabía Lincoyán? ¿Lo sabía Fabio?

Por primera vez, como hace mucho, el padre de Carol volvió a reconocer a ese hijo que alguna vez tuvo. En esos ojos angustiosos encontró su mirada. En sus tristes palabras encontró su voz. Todo lo que había permanecido escondido en este hombre que había vuelto tras la detención ahora afloraba. Por fin Carol estaba de vuelta, pero sólo para despedirse definitivamente y dar paso, de una vez y para siempre, al temible Juanca.

Imagino que la fotografía que mira el hombre que torturaba es justamente de ese tiempo. El hijo de Carol tiene unos pocos meses y está en sus brazos con esos zapatitos blancos. Carol es un poco Carol y un poco el Juanca en esta instantánea. Su sonrisa es extraña, incómoda, ajena. El hombre que torturaba sabe de esa expresión, la reconoce porque la lleva tatuada en su propia cara.

Recuerda quién soy, escucha desde la foto.
Recuerda dónde estuve, recuerda lo que me hicieron.

Carol Flores, o el Juanca, a veces iba a almorzar a su casa con el Pelao Lito. Los dos se sentaban en el sillón, con la mirada perdida, mientras los niños jugaban sobre sus piernas estiradas. Comían porotos, fumaban, veían televisión y volvían a salir a algún secreto operativo. Cada vez que regresaban parecían más flacos, más cansados, más deteriorados, más taciturnos, más silenciosos. Y así muchas veces hasta que un día no aparecieron más.

El Joven Boris no volvió a ver a su hermano Carol. Lincoyán tampoco. Ni Fabio, ni los padres, ni la esposa, ni los niños. Los Flores dejaron el puesto vacío en la mesa para el almuerzo y la cena. La sopa se enfrió de una vez y para siempre.

El hombre que torturaba tampoco volvió a ver a Carol Flores o el Juanca.

El hombre que torturaba dice que una noche los llevaron a realizar un operativo especial. Para eso los trasladaron a un centro de detención donde sus superiores los esperaban con un cóctel. Había pisco y pastillas y todos tomaban y comían. Cuando el trago se acabó llamaron al «paquete», así dice que dijeron. El paquete era el Pelao Lito, que venía esposado y vendado. Que había metido las patas, le decían, que era un traidor, que con la información no se jugaba, que en qué bando estaba. El hombre que torturaba dice que no sabía lo que pasaba, pero que logró entender que el Pelao Lito había hecho algo malo, que había traicionado al grupo develando información secreta. Por eso, entre medio de gritos y patadas, lo metieron en la maleta de un auto y se lo llevaron al Cajón del Maipo. Ahí, en medio de la noche cordillerana, lo soltaron y le dispararon, lo mismo que él había hecho antes con sus enemigos. Lo mismo que le habían hecho a José Weibel, a Carlos Contreras Maluje. El hombre que torturaba dice que él tuvo que amarrar al Pelao Lito de pies y manos y lanzarlo al río. El hombre que torturaba dice que tuvo miedo, que por un momento pensó que a él le podría pasar lo mismo. Que el Pelao Lito era su compañero, que tenía veinticinco años, que nunca imaginó tener que presenciar la muerte de uno de los suyos en manos de su propio grupo. Que nunca imaginó cuál era el delgado límite que separaba a sus compañeros de sus enemigos.

El hombre que torturaba dice que al poco tiempo se enteró de que Carol Flores, o el Juanca, había sufrido la misma suerte. Su cuerpo apareció en el río, con las falanges cortadas, con el impacto de diecisiete proyectiles, una fractura completa de la columna vertebral y los genitales estallados.

Los Flores vieron la fotografía de ese cadáver muchos años después de que el hombre que torturaba hubiese entregado su testimonio. En la fotografía los Flores reconocieron al hijo, al hermano, al esposo. Era él. Era Carol, no el Juanca. Le faltaban los dientes, su frente estaba deforme por los golpes, pero era el Carol Flores al que siempre quisieron y tanto buscaron. No el enemigo, no el informante.

Recuerdo otro capítulo de *La dimensión desconocida*. En él un hombre cambiaba de rostro cada vez que lo necesitaba. Era el hombre de las mil caras, así le decían. Todas estaban contenidas en su interior y según el contexto él iba usando la que correspondía mejor a las circunstancias. Si hubiera estado en Okinawa habría sido un vecino tranquilo y feliz hasta la guerra y luego un feroz asesino de su propia familia. Si hubiese estado en Chile en los setenta hubiese sido un feliz trabajador de la Municipalidad de La Cisterna o un joven campesino de Papudo que soñaba con ser policía o marino y luego un agente feroz, capaz de torturar y de delatar a los suyos.

¿Cuántos rostros puede contener un ser humano?

¿Cuántos contendría el joven Boris?

¿Cuántos su hermano Lincoyán?

¿Cuántos tiene este abogado que escucha al hombre que torturaba?

¿Cuántos tiene él mismo? ¿Cuántos yo?

Atravesamos un puente y el auto dobló a la izquierda.
Nos internamos por un camino de tierra.
Nos detuvimos como a siete kilómetros al interior,
a unos cuarenta metros del acantilado.

Hacía frío.
Supongo que había luna porque todo se veía muy claro.
Bajaron al Pelao del maletero y lo pusieron junto a una roca,
lejos, como a diez metros de ellos.
¿Cómo querís morir?, le preguntaron.
Él respondió que sin esposas y sin venda.
Sin esposas ni vendas, dijo.

Me ordenaron a mí que se las sacara.
Me acerqué despacito.
Yo estaba quebrado. Apenas podía mirarlo.
Hace viento, Papudo, me dijo, está fría la noche.
Y yo no pude contestarle nada, no me salían las palabras.

Tenía miedo. Eran todos oficiales menos yo.
Pensé que me iban a tirar con el Pelao para abajo.

Le saqué las esposas.
Y me mandaron a buscar cordeles y alambres.
Estaba en el auto sacándolos cuando sentí la ráfaga.
Hacía frío.
Supongo que había luna porque todo se veía muy. claro.
Cuando volví el Fifo Palma lo remataba.
No vi disparar a nadie más.

Me ordenaron que le amarrara los pies y las manos al Pelao.
Me ordenaron que le pusiera piedras.
Me ordenaron que lo empujara por el acantilado.

Yo me acordé de la última vez que almorzamos con él.
No había pasado tanto tiempo.
Hablamos de fútbol.
Contamos chistes.

Como estaba lleno de arbustos
tuve que sacar mi propio cuerpo al vacío.
Alguien me sujetó la mano.
Y quedé colgando mientras tiraba al Pelao.
Pensé que me iban a dejar caer también.
Pero no. Cayó sólo él.
Supongo que había luna
porque lo vi clarito allá abajo en el río.
No se me olvida.

Cuando volvimos nos tomamos una botella de pisco entera.

El 12 de Abril de 1961 el mayor Yuri Gagarin se convirtió en el primer cosmonauta que viajó al espacio exterior. Por ciento ocho minutos estuvo sobrevolando la Tierra en su nave, la Vostok 1, y desde ahí pudo dimensionar con sus propios ojos nuestro planeta. Lo vio azul, redondo y hermoso. Así dijo en su transmisión al control de mando: la Tierra es hermosa. Mi profesor de ciencias naturales, el mismo del bigote grueso que ya mencioné, alguna vez nos contó entusiasmado del programa espacial soviético y de la gran hazaña de Gagarin. No recuerdo si era parte de la materia que debíamos estudiar o si simplemente nos lo contó porque quiso, pero su emoción era completa y seguro que por eso recuerdo esa clase en la que nos dibujó la Vostok 1 en la pizarra negra que hizo las veces de espacio exterior. No nos habló ni de la perrita Laika, ni de Valentina Tereshkova, la primera mujer que estuvo en órbita, ni de Neil Armstrong y su paseo en la Luna. Mi profesor sólo habló del mayor Gagarin, como si su viaje de hace veinte años hubiese sido el más importante, el definitivo.

Luego de esa clase comprendí ciertas cosas. Una interesante fue descubrir el por qué había algunos Yuris revoloteando en las cercanías de mi barrio y de mi vida. Sabía que era un nombre soviético, pero no sabía la razón de su popularidad en Chile. Nunca conocí a un Nikolai o a un Anton o a un Pavlov o a un Sergei. La verdad es que nunca conocí a nadie que tuviera nombres soviéticos porque vivíamos un tiempo en que lo soviético definitivamente no era popular. Pero en cambio conocí a varios Yuris.

Nuestro bigotudo profesor nos contó cómo el mayor Gagarin se transformó en una estrella desde el mismo momento en que volvió de su viaje. Éxito de relaciones públicas, el gobierno de la Unión Soviética lo paseó como embajador por todo el mundo. Nadie quedó indiferente ante la sonrisa de ese hombre que había visto lo que ninguno aún podía ver. Y así el mayor Gagarin se fue reproduciendo por el mundo. En Egipto, en Cuba, en México, en Chile, todos querían ser un poco él y como homenaje iban bautizando a sus hijos con ese nombre que no sólo le hacía honor al cosmos, sino que también se lo hacía a una nación que se enarbolaba como utopía de presente y de futuro para muchos. Yuri Pérez, Yuri Contreras, Yuri Soto, Yuri Bahamondes, Yuri Riquelme, Yuri Gahona. Un ejército de cosmonautas sudacas nació en Chile como reflejo del mayor Gagarin, de su viaje, de la idea de que la Tierra era azul y hermosa, y de la convicción de que desde el espacio exterior no se escuchaba la voz de ningún dios.

Imagino a don Alonso Gahona Chávez, trabajador de la Municipalidad de La Cisterna, mirando el rostro de su hijo recién nacido y pronunciando el nombre con el que lo bautizaría. Lo imagino años más tarde, en una cancha de fútbol, jugando a la pelota con él y gritando ese mismo nombre para celebrarle un gol. Lo imagino sentado frente a un tablero de ajedrez, intentando enseñarle los movimientos básicos de cada pieza. Avanzar con un espacio para los peones, todo recto para las torres y en diagonal para los alfiles. Atacar con la reina y, lo más importante: proteger al rey. Lo imagino caminando por el campo una noche, mirando las estrellas, y contándole a su hijo, con el mismo entusiasmo con el que mi profesor me lo contó a mí, la hazaña del hombre que vio el mundo por primera vez allá en el lejano 1961. El viaje de ese mítico cosmonauta del cual, me arriesgo a imaginar, el pequeño hijo de don Alonso heredó su nombre: Yuri Gahona.

Imagino que el 8 de septiembre de 1975, cuando tenía apenas siete años, el pequeño Yuri comenzó a preparar el tablero del ajedrez mientras esperaba la llegada de su padre del trabajo. Lo imagino tomando uno de los blancos alfiles del juego e imaginando que la pieza es un cohete espacial. El pequeño mayor Gagarin, o Yuri Gahona, imagina que viaja al interior de ese alfil y sobrevuela el tablero del ajedrez recorriendo cada cuadrado negro y blanco. Desde el interior observa el resto de las piezas allá abajo mientras conduce con cuidado su nave de plástico. El pequeño mayor Gagarin, o Yuri Gahona, imagina que se eleva por sobre la mesa del comedor, por sobre la alfombra desteñida, imagina que avanza por el pasillo, por la casa completa, hasta cruzar la puerta de calle donde se asoma a mirar si su padre se acerca. Imagino al pequeño mayor Gagarin, o Yuri Gahona, con los radares encendidos, observando desde su nave en miniatura e informando al control de Tierra lo que ve. O más bien lo que no ve, porque su padre, que es su único objetivo de rastreo, no aparece todavía. No se le ve caminando por la calle con sus manos metidas en la chaqueta como todos los días a esta hora. No se distingue su silueta menuda, su pelo corto y crespo, sus lentes gruesos. Entonces el pequeño mayor Gagarin, o Yuri Gahona, juega a elevarse aún más en su cohete alfil. Imagina que llega al techo de la casa y que se encumbra por entre los cables de la luz para seguir subiendo hasta las nubes y desde ahí mirar la cuadra entera, el barrio entero, la comuna entera y quizá así, con visión de cosmonauta liliputiense, detectar el lugar preciso donde viene caminando su padre.

Entre el paradero 25 y 26 de la Gran Avenida, en el recorrido que a diario hace para volver a su hogar, don Alonso Gahona Chávez ha sido interceptado por tres hombres armados. Uno de ellos es Carol Flores, su antiguo camarada, miembro del Partido Comunista, amigo cercano y ex colega en la Municipalidad de La Cisterna. Imagino que es difícil para don Alonso entender por qué su compañero lo apunta con un arma y lo hace apoyar las manos contra la pared mientras los otros dos hombres lo registran. Quédate tranquilo, Alonso, es mejor no hueviar, escucha que dice. Imagino que la situación lo descoloca, pero rápidamente comprende lo que ocurre y se entrega porque sabe que no hay salida. Esto no es un asalto como algún incauto podría creer. La gente que observa mientras camina a sus casas, los que compran el pan o toman la locomoción, se dan perfecta cuenta de lo que pasa. Sin embargo miran y siguen de largo sin decir ni hacer nada, dejando que los hombres armados metan a una camioneta, a punta de empujones y patadas, a don Alonso Gahona Chávez.

El pequeño mayor Gagarin, o Yuri Gahona, junto a su hermana Evelyn de seis años, comprenden que si el tablero de ajedrez permaneció intacto la noche entera es porque algo malo le pasó a su papá. Probablemente el mismo don Alonso los preparó para una emergencia como ésa. Así como les enseñó a usar las piezas del ajedrez, quizá también les enseñó a actuar cuando el rey fuera secuestrado del tablero. Los niños participan de la búsqueda de don Alonso y recorren postas, comisarías, hospitales, tribunales, incluso se encaraman en árboles e intentan asomarse al interior de un centro de detención para ver si ahí logran divisarlo. Pero todo es inútil. Ni sobrevolando la ciudad entera con su nave alfil blanca, el pequeño mayor Gagarin, o Yuri Gahona, logra dar con algún rastro de su padre. Definitivamente el alfil no ha conseguido proteger al rey.

Abramos esta puerta. Tras ella encontraremos una dimensión distinta. Están ustedes entrando a un mundo desconocido de sueños e ideas. Están entrando en la dimensión desconocida.

El Nido 20. Así se llamaba uno de los secretos escenarios que servía de centro de detención en la comuna de La Cisterna. Ubicado en la calle Santa Teresa número 037, lo bautizaron así porque era un recinto de la rama de inteligencia de la Fuerza Aérea, y al parecer para la Fuerza Aérea todo lo que tuviera que ver con aves, desde el nido en que nacían en adelante, era de estricto monopolio de la institución. El número 20 fue elegido porque su ubicación estaba en el paradero 20 de la Gran Avenida.

No imagino, sé, que don Alonso Gahona fue trasladado a este lugar.
No imagino, sé, que cruzó la puerta del número 037 de la calle Santa Teresa y desde ese mismo momento ingresó a una dimensión de la cual nunca regresaría.

Busco información del recinto y descubro que la casa es actualmente un memorial. Sitio de Memoria ex Nido 20, Casa Museo de los Derechos Humanos Alberto Bachelet Martínez. Así lo han bautizado. Escribo a un correo que aparece en la página web para preguntar por los horarios de visita y a las pocas horas recibo como respuesta un número de teléfono para coordinar un encuentro con el director del centro. La situación me desconcierta. No creo necesario citarme con el director del memorial. Tiendo a pensar que los directores de cualquier cosa son personas muy ocupadas, y yo sólo quiero hacer una visita, observar el lugar, confrontar lo que vea con lo que sé de él. Sin otra alternativa llamo al número que me han dado. No alcanzo a esperar mucho cuando me responde la voz de un hombre mayor, de unos setenta años, calculo. Es el director del memorial. Le cuento que quiero hacer una visita, pero que en la página web no aparecen horarios para hacerlo. Él me responde con amabilidad que efectivamente no hay horarios, pero que me espera en la tarde. Yo le hago ver que no es necesario que me espere, que no quiero quitarle su tiempo, pero él me dice que es el único que puede abrirme porque no hay nadie más a cargo del lugar. El director no necesita mi nombre ni ningún antecedente particular para nuestra cita, sólo me trata de compañera y me dice que me espera a las 17.00 horas.

Lo primero que me sorprende al llegar es la fachada de la casa. Algo desastrada, llena de escombros y cachureos en su antejardín. No hay timbre y la chapa de la reja de entrada está mala. Un alambre cubierto de plástico azul envuelve las dos puertas de la reja intentando unirlas, haciendo ingenuamente de cadena de seguridad. A un costado, en el interior, veo estacionado un taxi destartalado y viejo. Es una casa pequeña, de un piso, con chimenea de piedra, con entrada de auto, con techo de tejas rojas y un patio amplio que alguna vez tuvo piscina. Haciendo algunos arreglos podría ser un hogar acogedor. Yo misma podría haberla elegido para vivir con mi familia. Excelente locomoción, comercio cercano, todo lo necesario para tener una vida tranquila y feliz. Otra cosa que me sorprende es que se encuentra en medio de un barrio residencial y a menos de diez metros de la Gran Avenida, una calle ancha, llena de autos y de gente circulando a toda hora. Han pasado cuarenta años desde que esta casa fuera un centro de detención clandestino, pero sé que la Gran Avenida era igual de transitada en ese tiempo. No ha cambiado su espíritu comercial, ni su vocación de arteria de transporte público. Las casas del sector son similares unas a otras, seguramente parte de una villa construida en los años sesenta, calculo. En la esquina un par de locales comerciales. En la calle algunos autos estacionados y, unos metros más allá, un niño chuteando su pelota en la vereda. Me pregunto cuánto habrá cambiado este paisaje en todo este tiempo. Me respondo que no mucho. Entre el año 1975 y ahora sólo debe haber unas pocas diferencias.

Yo soy una de ellas.
El niño de la pelota, también.

Desde mi presente, que alguna vez fue el futuro de don Alonso Gahona, imagino esa camioneta en la que fue raptado. La veo avanzando a gran velocidad entre micros y autos, justamente por la Gran Avenida, esa tarde de septiembre de 1975. Llega al paradero 20 y dobla por la calle

Santa Teresa para estacionarse aquí, frente a la casa, en el mismo lugar donde me encuentro ahora.

Imagino a don Alonso Gahona bajando de esa camioneta.

Quizá Carol Flores lo acompaña. Quizá no.

Imagino a don Alonso Gahona entrando a empujones por este mismo portón frente al que estoy de pie. Él no me ve, claro. La verdad es que no ve nada bajo esa venda que le han puesto sobre los ojos. Sólo obedece y se deja llevar por sus centinelas. Camina con dificultad. Lo imagino tropezándose en los dos escalones que alcanzo a ver desde aquí, junto a la puerta, mientras los vecinos también observan. Entonces creo ver a una mujer espiando en la casa de enfrente. Se asoma escondida tras la cortina. O quizá no se esconde y más bien mira a rostro descubierto mientras riega las plantas de su antejardín. La imagino a ella y a otros como ella observando día a día el movimiento de este lugar, transformando la extrañeza en cotidianidad. Los gritos que salían de las sesiones de tortura convivían con la música de la radio que se escuchaba en el barrio, con los diálogos de la teleserie de las tres de la tarde, con la voz del locutor del partido de fútbol. Los prisioneros que entraban y salían por este portón comenzaron a hacerse parte del paisaje. Lo mismo que el cartero, que el inspector municipal, que los niños que caminaban temprano al liceo. Escuchar algún disparo ya no era algo extraño, era parte de los nuevos sonidos, de las nuevas costumbres, de la rutina diaria que se instauró rotunda sin que nadie se atreviera a contrariarla.

El pequeño mayor Gagarin, o Yuri Gahona, junto a su hermana Evelyn, nunca vieron esta escena que acabo de imaginar. Vivían en esta misma comuna, pero no tenían información del Nido 20. Pese a la cercanía, nadie les contó lo que aquí pasaba. Nunca vinieron a asomarse por las rejas para intentar ver a su padre, ni sobrevolaron la cuadra con la imaginación para ubicarlo desde la altura en su nave alfil blanca. Al igual que yo, tampoco vieron lo que ocurrió dentro de esta casa. Para entrar ahí y fantasear con lo que pasó sólo podemos convocarlo a él, al hombre que torturaba: Andrés Antonio Valenzuela Morales, soldado 1°, carnet de identidad 39.432 de la comuna de La Ligua.

El hombre que torturaba dice que luego de haber sido centinela de prisioneros políticos en la Academia de Guerra y en un hangar en la Base Aérea de Cerrillos, fue trasladado a hacer el mismo trabajo al Nido 20. El hombre que torturaba dice que ahí se dedicaba a vigilar detenidos, a trasladarlos a sus sesiones de tortura, a entregarles el alimento, a cuidar que no hablaran entre ellos. Dice que eran tantos que tuvieron que ampliarse a otros centros de detención. El hombre que torturaba dice que en el Nido 20 llegaron a tener cuarenta prisioneros al mismo tiempo. El hombre que torturaba dice que tuvieron que ubicarlos hasta en los clóset para incomunicarlos porque el lugar se hacía chico.

Por supuesto, nada de esto me lo dice a mí.
Sigo mezclando los tiempos.

Presente, futuro y pasado se amalgaman en esta calle detenida en un paréntesis por el reloj de la dimensión desconocida. Sentado en el asiento de la renoleta, lo imagino ahí, en el frontis de la casa junto al abogado. Observan de lejos el lugar con disimulo, como saben hacerlo, sin despertar sospechas. Han hecho un largo recorrido visitando los lugares que él mencionó a la periodista. La cuesta Barriga, La Firma, el hangar de Cerrillos y ahora el Nido 20. El abogado lamenta no tener una cámara fotográfica, así es que observa con lujo de detalles intentando registrar todo lo que ve, lo mismo que hago yo ahora. El hombre que torturaba hace recuerdos sobre esta casa y entre esos recuerdos dice que uno de los prisioneros que estuvo ahí dentro fue don Alonso Gahona. Dice que don Alonso era conocido entre sus camaradas por el apodo de Yuri.

Lo primero que veo al entrar a esta casa es un retrato de don Alonso Gahona. Está pintado al óleo y enmarcado junto a la chimenea. Es una reproducción de la misma fotografía que vi en el Museo de la Memoria. Alonso aparece sonriente, con sus lentes gruesos y a torso desnudo porque creo que está en un balneario. El director del centro me recibe y me cuenta que ese es el compañero Yuri. No me dice Alonso, me dice: Yuri. Luego me hace pasar y me invita a sentarme en lo que debe haber sido alguna vez el living comedor. Me pide que lo espere un momento porque está reunido con una compañera que me presenta sin decir su nombre. Pienso que pasaré a alguna oficina o sala de espera, pero no. De pronto estoy en medio de una reunión de compañeros en la que el gran tema es la llegada de los gitanos al barrio. La compañera está muy molesta porque fue multada por un inspector de la Municipalidad de La Cisterna a causa de una ampliación que está haciendo en su casa, una casa muy cercana, de la misma villa. Sin embargo a su vecino, que es uno de los gitanos que han llegado al barrio, no le dicen nada por la construcción de un bow window que da justo al patio de la compañera, algo completamente improcedente e ilegal, según ella. La compañera está segura de que los inspectores municipales están mojados por los gitanos. Esa es la única explicación que tiene para entender por qué a ellos nunca les pasan partes, ni les hacen pagar impuestos. El director del centro acoge el reclamo y le dice a la compañera que se lo llevará a la compañera concejala y al mismo compañero alcalde. El director del centro tiene que llevar su propio reclamo porque al memorial ex Nido 20 le han tirado ratones muertos y le han puesto pegamento a la chapa de ingreso, por eso está mala y tiene que cerrarla con un alambre, entonces sumará el reclamo de la compañera a su reclamo personal. Sin duda la compañera concejala y el compañero alcalde atenderán sus peticiones. Luego de una cordial despedida, la compañera sale del memorial acompañada por el compañero director, mientras yo me quedo a solas en esta casa que alguna vez fue un centro de detención y tortura, con la foto del compañero Yuri mirándome desde la chimenea.

El lugar está desordenado. Polvo, muchas sillas desplegadas en el espacio vacío, un mueble lleno de revistas viejas y, en un biombo, un mural hecho con cartulinas de colores. En él se exponen fotocopias de los rostros de otros prisioneros. Con letras escritas en plumón negro se leen sus nombres y sus apodos. El Quila Leo, el Camarada Díaz, el Compañero Diego. Todas las cartulinas están pegadas con cinta adhesiva al mural y corren el riesgo de desprenderse. El Quila Leo me mira algo chueco, inclinado hacia la derecha, a punto de caer al suelo. Todo es muy precario, hecho a mano, como son los trabajos que hacen los niños en los colegios para exponer algún tema. Junto a la pintura del compañero Yuri hay otra de Allende, otra de Neruda y una última del general Bachelet, el padre de la presidenta, quien le da el nombre al memorial.

El compañero director vuelve a entrar y me explica que como comité de derechos humanos prestan servicios a la comunidad. Hacen de nexo entre los vecinos y el alcalde, y también ofrecen sesiones de biomagnetismo que da un compañero terapeuta en la pieza de atrás a cambio de un precio módico. Ahora mismo el compañero está atendiendo a una señora peruana que tiene cáncer al estómago, me dice. El compañero director me cuenta que él es taxista, que por eso tiene su taxi estacionado ahí en la entrada de la casa. En la noche taxea y en el día atiende el memorial. No es fácil hacerlo. No hay financiamiento y además los compañeros comunistas no están muy contentos con que él esté a cargo. Todos los prisioneros que pasaron por el Nido 20 eran comunistas, entonces el partido no entiende que un compañero socialista, como él, sea el director del memorial. Les parece inadecuado. Tampoco les gusta que estacione el taxi ahí. Luego de disculparse por el desorden del lugar, el compañero director se ofrece a mostrarme la casa.

El hombre que torturaba dice que don Alonso Gahona, el compañero Yuri, estuvo durante largas sesiones en esta pieza en la que me encuentro ahora. Es el lugar destinado a las torturas. Un espacio pequeño que alguna vez fue un lavadero. El suelo es de baldosas rojas con líneas blancas, iguales a las de mi cocina. Hay una ventana que da a la calle, enfrentándose directamente a la de la casa que está del otro lado. En las paredes hay un par de cartulinas pegadas con cinta adhesiva en las que pueden verse dibujos de algunas formas de tortura. Son ilustraciones hechas por los compañeros que sobrevivieron a esta pieza. En una puedo leer la palabra «submarino». Junto a las letras escritas a mano, veo el dibujo de un hombre desnudo con la cabeza dentro de un galón lleno de agua o quizá de orina. Dos hombres lo empujan y lo mantienen así. Por el dibujo entiendo que el ejercicio era provocar el ahogo del detenido. En la cartulina de al lado leo «piscina con hielo». En este caso el dibujo muestra a otro hombre desnudo y amarrado, pero dentro de una tina llena de hielo. En el dibujo se ven muchas letras sueltas escritas alrededor del cuerpo del hombre. No dicen nada, sólo están ahí como marcando algo, un código secreto que no entiendo y que el compañero director no tiene idea de qué se trata. En el suelo de la pieza veo un pequeño catre de fierro que podría ser el de la cama de un niño. El compañero director me explica que efectivamente es un catre infantil. Fue el único que pudieron conseguir para simular el que ocupaban los torturadores para amarrar a los prisioneros y aplicarles corriente.

El hombre que torturaba dice que al compañero Yuri le hicieron eso. Lo amarraron a la parrilla, como le decían a esos catres de fierro, y ahí lo golpearon y le aplicaron corriente. El hombre que torturaba dice que luego de una larga sesión lo colgaron en la ducha de este baño que ahora el compañero director me muestra. Es un baño pequeño, apenas entramos los dos, decorado con azulejos negros y verdes y con un juego de vanitorio de muy buen gusto, es lo primero que pienso cuando entro. Alguna vez, en algún momento, alguien debe haberlo elegido con cuidado. Alguna vez, en algún momento, alguien debe haber pensado en lo bien que se verían estos accesorios en el baño de su casa. Alguna vez, en algún momento, alguien los compró y los instaló y los usó. Alguien lavó sus manos en este lavatorio. Alguien se peinó y maquilló frente a este espejo. Sin embargo, todo este juego de vanitorio sesentero que combina tan bien con los azulejos, es la escenografía de esta escena que el hombre que torturaba recuerda y narra.

El compañero Yuri tenía mucha sed a causa de la corriente que le habían aplicado en la pieza de las torturas. El hombre que torturaba dice que el compañero Yuri pidió agua y que uno de los centinelas dejó correr la llave de la ducha para que el compañero Yuri bebiera. El hombre que torturaba dice que el centinela cerró la llave, pero que el compañero Yuri siguió quejándose de sed. Débil, como estaba, ocupó sus escasas fuerzas en abrir nuevamente la llave del agua, pero no logró beber, ni tampoco volver a cerrarla. El hombre que torturaba dice que el agua corrió la noche entera sobre el cuerpo del compañero Yuri. El hombre que torturaba dice que al día siguiente el compañero Yuri amaneció muerto de una bronconeumonía fulminante.

Estoy en la pieza donde los prisioneros dormían tirados en el suelo. Es una pieza pequeña, que originalmente debe haber sido el dormitorio en el que alguien, alguna vez, descansó y quizá tuvo sueños felices antes de partir con su rutina diaria. De aquí al baño de los azulejos verdes, luego un desayuno en ese living comedor en el que escuché hablar de gitanos, y finalmente salir por la puerta y bajar esos dos escalones en los que el compañero Yuri se tropezaría tiempo después. Hasta cuarenta hombres convivieron en este lugar, sumando a los que estaban encerrados en el clóset diminuto, incomunicados.

El compañero director me muestra el mural que han pintado. Se trata de un gran dibujo del compañero Yuri, con un fondo de colores encendidos que no alcanzo a comprender qué representa. El mural está firmado por la brigada Estrella Roja y es una iniciativa de los hijos del compañero Yuri, que son muy cercanos al memorial. El compañero director me dice que él cree que como el cuerpo del compañero Yuri nunca fue encontrado, los niños, que ya no son niños, porque Yuri y Evelyn Gahona deben tener mi edad o un poco más, acuden al memorial a recordar a su padre como si se tratara de una animita o una tumba. Incluso han pedido, me dice el compañero director, que el baño en el que murió el compañero Yuri no sea intervenido y se mantenga intacto. Verde y pequeño, como lo acabo de visitar.

Alguna vez vi imágenes del mayor Gagarin encerrado en su nave, la Vostok 1. Ubicado en un espacio mínimo y amarrado con cinturones de seguridad, viajaba por el cosmos sin poder moverse. Sólo sus ojos se contorneaban, y creo que sus manos también, mientras observaba la Tierra y el Universo a través de una redonda ventana.

Imagino al compañero Yuri inmovilizado en ese baño. Las pocas energías que tiene las ocupa para beber del agua que cae por su cuerpo desnudo. No hay ventanas, pero si cierra los ojos puede imaginar una redonda en el techo, justo por sobre su cansada cabeza. Imagino que el compañero Yuri observa a través de esa ventana imaginaria. Es una noche estrellada. El agua sigue corriendo por su cuerpo, pero todo se ve tan hermoso y azul allá afuera, que es difícil concentrarse en otra cosa. De pronto, en medio de ese cielo que lo acompaña, cree ver una pequeña mancha blanca en movimiento. Al comienzo piensa que se trata de una estrella fugaz y hasta tiene ese viejo impulso de pedir un deseo. Pero no, rápidamente se da cuenta de que lo que ve no es una estrella, es algo aún más fascinante.

Una pieza de ajedrez cruza el espacio exterior.

Una pequeña nave alfil blanca que desde la altura le hace señas intentando un rescate.

El hombre que torturaba dice que el cuerpo de don Alonso Gahona, el compañero Yuri, fue envuelto en un plástico y depositado en el portamaletas de un auto. El hombre que torturaba dice que no sabe cuál fue su destino, pero que sospecha que fue lanzado al mar.

Imagino el cuerpo del compañero Yuri hundiéndose en alguna parte de la costa chilena. Quizá cerca de las playas de Papudo. Quizá no. Lo imagino sumergiéndose en las profundidades de ese mar azul que el mayor Gagarin logró ver desde el espacio tiñendo el planeta completo. La Tierra es azul, dijo por radio mirando a través de su ventana redonda el mar en el que dormiría años después y para siempre el compañero Yuri. La Tierra es azul y hermosa, dijo, y desde aquí, que la Historia lo registre, por favor no lo olviden nunca: no se escucha la voz de ningún dios.

Sin querer queriendo me fui metiendo cada vez más.
De repente dejé de ser el que era.

Podría echarle la culpa a mis jefes.
Podría decir que ellos me transformaron.
Pero uno siempre tiene que ver con lo que le pasa.

Lo sé porque he visto gente que no se traiciona.
Gente que puede estar con la mierda al cogote y no se quiebra.
El Quila Leo, por ejemplo.
Él fue un prisionero que yo llegué a admirar.

Se llamaba Miguel Rodríguez Gallardo.
Era tornero, tenía tres hijos chicos.

Le dieron duro y nunca habló.
Le aplicaron corriente, le pegaron, lo colgaron, lo encerraron.
Y no habló.
El Quila inventaba formas
para mantener la cabeza clara y no quebrarse.
El Quila escuchaba los sonidos con detalle,
se fijaba en los olores, en las temperaturas,
en las formas y en el color de lo que alcanzaba a ver
cuando no estaba vendado.

Me tienen en el aeropuerto de Cerrillos, me dijo un día.
¿Cómo sabes? Esto puede ser Pudahuel
o la Base Aérea de El Bosque.
Todos los días escucho las indicaciones de la torre de control
y nunca han dado la salida de un avión de combate
ni tampoco de pasajeros,
esto tiene que ser Cerrillos, dijo, y tenía razón.

Cuando lo llevaron al Nido 20 adivinó dónde estaba.
Este es el paradero 20 de la Gran Avenida, dijo.
La sirena que suena y da la hora es de la bomba donde yo
fui bombero.

El Quila sabía cuando era de día.
El Quila sabía cuando era de noche.
El Quila olfateaba el aroma de las flores
y adivinaba el cambio de estación.

Las veces que estuvo encerrado en el clóset,
buscaba dibujos en las tablas de madera
y con ellos se armaba historias,
se inventaba cuentos.

Nos reconocía por los pasos.
Según cómo caminábamos, nos llamaba por el nombre
y siempre le achuntaba.
Su cabeza era firme, mucho más firme que la mía.

Una noche me mandaron a llamar.
Me dijeron que echara chuzos, palas, unas metralletas
y varios litros de combustible en una camioneta.
Después nos pasaron una lista de detenidos.

Los teníamos que atar y vendar.
Uno de ellos era el Quila.
Llevaba más de cuatro meses con nosotros.

Te van a dejar en libertad,
le mentí mientras le vendaba los ojos.
Sí, me dijo. Me voy a la libertad, pero no me voy a mi casa.

Antes de que lo amarrara me dio la mano.
Me hizo un cariño.
Yo le di un cigarrillo que él agradeció.

Me puse a llorar mientras lo amarraba.
Lloraba callado, tratando de que él no se diera cuenta,
pero los dos sabíamos lo que iba a pasar.

El Quila se fue con los otros detenidos en la camioneta.
Yo me quedé con su carnet de identidad.
También con sus documentos para manejar,
con su reloj, con su billetera.
Tuve que hacer desaparecer todo.
Lo quemé y lo enterré, lo mismo que hicieron con él.

Un día, hace poco, iba con un colega en auto.
Habían atropellado a una persona.
El cuerpo estaba hecho pedazos
debajo de las ruedas de una micro.
Mi colega pasó muy lento, noté que le gustaba mirar.
Yo no pude, di vuelta la cara.
Yo sé de muertos.
En todo este tiempo he visto muchos,
pero igual no pude mirar.

Veníamos comiendo un sándwich.
Mi colega no dejó de comer. Se lo terminó entero.

Antes éramos unos conscriptos inocentes. Tontos. Sin mundo.
Ahora podíamos comernos un sándwich mientras mirábamos
a un muerto.

Pensé en el Quila.
Pensé en cuánto lloré cuando lo mataron.
Lo imaginaba ahí, al aire libre, antes de que lo acribillaran.
Estamos en Peldehue, debe haber adivinado bajo la venda.
Lloré despacito, a escondidas, sin que nadie se diera cuenta.
Después sentía pena, se me hacía un nudo en la garganta.
Después soportaba el llanto.
Después dejé de llorar.
Sin querer queriendo me acostumbré.
Al final ya no sentía nada.

Me había convertido en otro.
En uno que se levanta y se acuesta con olor a muerto.

No quiero que mis hijos sepan lo que fui, dice. Voy a volver a mi trabajo y voy pagar el precio de lo que he hecho. No me importa que me maten.

El abogado ha estado durante tres días tomándole testimonio en el salón parroquial. Imagino que están cansados y mareados de tanto registro.

Si yo estoy haciendo esto es para que no haya más muertes, le responde. Usted nos está ayudando con la verdad, pero no a cambio de su vida. No vamos a hacer nada con su testimonio si no lo ponemos a salvo primero.

Imagino que pasa un rato largo.

Imagino que el silencio y el humo del cigarrillo inundan el lugar.

Imagino que toman café. Que alguna monja entra y sale silenciosa.

Imagino que por un momento, quizá sólo por un breve momento, el hombre que torturaba se ve ahí, estampado en una de esas fotografías que aún lo observan desde la mesa.

Recuerda quién soy, siguen diciéndole.

Recuerda dónde estuve, recuerda lo que me hicieron.

Dónde me mataron, dónde me enterraron.

Es un gran coro. Rostros sonrientes, ojos luminosos, todos posando para la cámara en algún paseo, reunión o fiesta, con un familiar a su lado, con hijos, hermanos, amigos, en ese pasado feliz del que todos alguna vez participaron. Un lugar lejano y ahora inexistente, que también fue vedado para este hombre que los mira. Él imagina que es un rostro más entre esta gente perdida. Se ve con sus propios hijos y su mujer, quizá también con sus padres a los que no ve hace tanto tiempo. Juega a que están en una playa de Papudo, tomando sol y comiendo huevos duros, descansando después de una pichanga y de una buena zambullida en el mar, con los pies llenos de arena negra. Parecen felices llevando una vida que nunca tuvieron. Una que él no logró vivir porque sin saberlo entró a esa dimensión paralela y oscura donde cualquier fotografía como esta es parte de una realidad antigua o simplemente inexistente.

Tiene razón, dice. No voy a volver a mi trabajo. Voy a desertar frente a usted.

Imagino que el hombre que torturaba mete su mano al bolsillo. De una vieja billetera saca su tarjeta de identificación como miembro de las Fuerzas Armadas. Andrés Antonio Valenzuela Morales, soldado 1°, carnet de identidad 39.432 de la comuna de La Ligua. En el centro una fotografía con el número 66.650, que no imagino, que veo aquí, en una fotocopia que el mismo abogado me pasó años después cuando hablamos de este momento. En la foto el hombre que torturaba posa para la cámara de uniforme, muy peinado y afeitado, sin bigotes. Los ojos bien abiertos. Tres surcos profundos en su frente, arrugas desmedidas para la edad que tiene. En la solapa de su impecable traje militar se asoman las dos águilas metálicas de la Fuerza Aérea.

El abogado recibe la tarjeta.
En el salón parroquial se lleva a efecto la deserción.

El rostro del hombre que torturaba queda ahí, en la mesa, expuesto desde la tarjeta de identificación. Se encuentra tal como lo imaginó, entremedio de los otros rostros. Del de Contreras Maluje, del de don Alonso Gahona y el del Quila Leo. Ellos y todos los otros comienzan a inquietarse desde sus propios márgenes fotográficos al sentir su presencia. Parecen extrañados. Miran al hombre que torturaba, lo espían curiosos, intentan colarse en su foto para poder observarlo mejor. Imagino que desde la esquina izquierda, José Weibel se saca los gruesos lentes con los que sale en su retrato y se refriega los ojos intentando aclarar la vista y reconocer a este hombre nuevo que ha llegado a la mesa. Un recuerdo vago del día de su detención le nubla la mente. Saliendo de un rincón, tapado con otras fotografías, Carol Flores se acerca al hombre que torturaba para presentarle a su pequeño hijo que trae en brazos, mientras el compañero Yuri, a torso desnudo, desde esa playa en la que se encuentra fotografiado, llega a invitarlo al mar.
Ven, Papudo, le dice, vamos a bañarnos.

El hombre que torturaba no sabe qué hacer.
El hombre que torturaba viste su uniforme, no puede entrar al mar con ropa.

El hombre que torturaba recuerda a su mujer, con la que apenas habla, a sus hijos, con los que ya no juega, a sus padres, a los que ya no ve, y siente un deseo incontrolable de lanzarse al mar. No sabe dónde está, no entiende qué playa es esta, pero nada de eso le importa y se saca la chaqueta con ese par de águilas metálicas, luego la camisa, la corbata, los pantalones. Su uniforme queda enterrado en la arena. Parece la piel usada de una serpiente, restos de un cuerpo que ya no le sirve.

Estamos en tu playa, Papudo, escucha una voz que le grita desde algún lugar.

Concéntrate y reconoce el color de la arena, Papudo, el graznido de las gaviotas, el sonido de las olas.

De pronto todo se vuelve familiar.

Por fin ahora es parte de esa fiesta antigua y colectiva que antes sólo miraba de lejos. El hombre que torturaba corre desnudo, siente el calor del sol en su cara, el aire fresco golpeándole el cuerpo. Los dedos de los pies comienzan a llenarse de esa arena tibia y negra de la playa donde nació, y a lo lejos cree escuchar la risa de uno de sus hijos jugando a la pelota. El hombre que torturaba llega a la orilla del mar y entonces lo ve. Es el Quila Leo, el querido Quila Leo que se zambulle y chapotea desnudo entre las olas.

Estamos en tu playa, Papudo, le vuelve a decir. Es tu playa. ¿La reconoces ahora?

Sin pensarlo, el hombre que torturaba se lanza al mar, se sumerge por fin en las aguas de ese planeta perdido del que sólo quedan las huellas que figuran desordenadas sobre la mesa del salón parroquial.

Desde ahí escucho que me grita.

Recuerda quién soy, dice.

Recuerda dónde estuve, recuerda lo que me hicieron.

ZONA DE FANTASMAS

Lo imagino escondido en el suelo de un furgón. No sé qué ropa viste. Tampoco si se ha afeitado. Es posible que ya no lleve los bigotes gruesos y oscuros o que, por el contrario, los use con una tupida barba para despistar a quien pueda reconocerlo. Han pasado meses desde el testimonio a la periodista y el abogado. Desde entonces ha esperado en el más completo retiro que se den las condiciones para que lo puedan sacar del país. Sabe que sus superiores lo buscan. Sabe que si lo atrapan es hombre muerto. Por eso hoy se traslada en secreto a hacer un trámite que le permitirá su salida. Viaja oculto en el suelo de un furgón de despacho de la conocida Librería Manantial.

Debajo de muchos artículos empaquetados se encuentra él. Libros escolares, cuadernos universitarios, cajas con lápices y gomas de borrar que se mueven con cada giro del volante. Siente el peso de los bultos en la espalda y en las piernas. Apenas si puede ver entre medio de tanto paquete. Desde la calle se cuela el ruido de la ciudad. Escucha los motores de los autos, las bocinas, la voz del locutor de alguna radio. Las manos le sudan. La cabeza también. El viaje ha sido más largo de lo que calculaba. Pero ahora mismo siente que el motor del furgón baja la velocidad, que el señalizador comienza a sonar marcando su tic tac, que el embrague hace los cambios pertinentes, y con toda esa información ya sabe que se están estacionando frente a una iglesia. Específicamente la iglesia de Nuestra Señora de Los Ángeles, en la avenida El Golf, en el sector alto de la ciudad.

Aquí vamos a esperar, escucha la voz del abogado desde la parte delantera del furgón.

Él no responde. Acata en silencio, sabe a lo que se refiere, ya lo han conversado. En cualquier momento llegará un auto y de él bajará un funcionario a tomarle las huellas dactilares para su nueva identidad. En unos días tendrá en su poder el pasaporte que le permitirá viajar al sur y cruzar la cordillera hacia Argentina. Desde ahí tomará un avión rumbo a Francia, donde lo esperan para ayudarlo en su nueva vida. Pero falta aún para eso. Por ahora sólo debe mantenerse en calma y aguardar al funcionario. Todo ocurrirá en el interior del furgón. Desde la iglesia, sin que nadie se dé cuenta, ojos cómplices vigilan dispuestos a apoyar. En caso de ser descubiertos, en caso de una verdadera emergencia, la embajada de España, que está a unas cuadras, los espera para asilarlos. Si no los atrapan en la calle y logran llegar a la embajada, de ahí viajarán en un auto diplomático al aeropuerto, y desde el aeropuerto tomarán un avión rumbo a Madrid. Sin maletas, sin despedidas, sin plan, sin pasaporte. Pero nadie quiere una verdadera emergencia. Han guardado todas las precauciones y ni la Fuerza Aérea ni los servicios de seguridad debieran saber que están ahí en ese momento.

Imagino que el abogado enciende la radio mientras esperan. Desde los parlantes comienza a escucharse algún tema de la época, diciembre de 1984. Intento recordar qué sonaba por la radio y lo primero que se me viene a la cabeza es esa canción de la banda sonora de la película *Los cazafantasmas*. Por alguna razón imagino esta escena con esa música de fondo. *If there's something strange / in your neighborhood, / who you gonna call? Ghostbusters!*, repetía el coro muchas veces. Y en la pantalla recuerdo a un joven Bill Murray con un par de socios cargando unas metralletas, que en realidad eran armas sofisticadas para enfrentarse a esas presencias que nadie veía, esos seres fantasmagóricos que sólo ellos podían localizar y destruir con un rayo. No creo que al abogado le haya gustado especialmente esta canción, ni siquiera que haya ido al cine a ver la película, pero en este momento sus gustos no importan, lo que importa es parecer alguien que no es. Específicamente un chofer de despacho de la Librería Manantial que reparte mercadería por la ciudad mientras tararea una canción de moda.

Un auto se detiene en las cercanías.

En él viene un funcionario del Registro Civil.

El abogado reconoce a su contacto. Desde lejos cruzan miradas.

El funcionario se baja del auto y entra al furgón con disimulo. En la parte de atrás comienza a hacer su trabajo con el hombre que torturaba. El trámite es corto, no debiera tomarles mucho tiempo. Formularios ya preparados, firmas, toma de huellas dactilares.

El abogado vigila. Todo parece normal en la calle. Nadie en el barrio imagina lo que está ocurriendo al interior de la camioneta. Una mujer pasea con un coche a un niño pequeño. Dos abuelas avanzan con calma por el frontis de la iglesia. Le sonríen al toparse con su mirada. *If there's something strange / in your neighborhood / who you gonna call? Ghostbusters!,* sigue la radio.

Un furgón de Carabineros aparece en el sector.

Avanza lentamente y se detiene a observar al vehículo de la Librería Manantial.

El abogado toma rápidamente una guía de despacho y desvía la mirada de los carabineros que pasan a su lado. Canturrea la canción de la radio mientras aparenta trabajar y con un lápiz marca quién sabe qué en una lista de entregas imaginaria.

Los pacos, avisa con disimulo.

Atrás el hombre que torturaba suda por el calor de diciembre y por los nervios. Su huella digital no se imprime en el formulario. La tinta se resbala de sus húmedos dedos y al tocar el papel sólo deja manchas, líneas borrosas de una identidad desenfocada. Lo intentan una vez más. Dos, tres, cuatro veces, pero no resulta. La angustia se apodera del furgón. Por un breve momento el hombre que torturaba imagina que su cuerpo se está disolviendo. Que su rostro ya no es su rostro, que él mismo no es más que una sombra o un reflejo de lo que era o es. Una mancha igual de negra que las que deja en cada formulario. Sus huellas son fundamentales para cualquier documento de identidad, por falso que sea. Sin ellas no habrá carnet para viajar al sur, hasta la frontera con Argentina, no habrá pasaporte para salir del país. Pero los formularios se van arrugando y desechando ante cada intento fallido. Y mientras más formularios se pierden, más sudor, más nervios, y el trámite se alarga y los pocos minutos se vuelven horas. El paso de los carabineros parece ejecutarse en cámara lenta, como si el reloj de *La dimensión desconocida* hiciera lo suyo y el tiempo se hubiera estancado en esa calle y no fuera más que un paréntesis.

Qué hacer si los carabineros deciden revisar el furgón.
Qué hacer si abren las puertas traseras.
Qué hacer si han sido avisados y olfatean el barrio para descubrirlos y apresarlos.

El abogado piensa en la embajada de España. Se imagina apretando el acelerador y manejando a toda velocidad para llegar a ese frontis y pasar rápidamente al otro lado de la reja. Se imagina rompiendo de súbito la tranquilidad aparente de este barrio, sorprendiendo a las abuelas que aún caminan cerca de la iglesia, sorprendiendo a la mujer del coche. Y mientras imagina su salida intempestiva del país y su futuro incierto en el exilio, las manos le sudan, las yemas de los dedos se le vuelven resbaladizas, lo mismo que al hombre que torturaba que ya va en el quinto formulario arrugado en el suelo de la camioneta. Cinco identidades anuladas por la indefinición de esas huellas caprichosas.

If there's something strange / in your neighborhood, / who you gonna call?

Lo que sigue ocurre con rapidez y discreción.

El funcionario baja del furgón. Lleva los formularios firmados y las huellas dactilares por fin impresas. Respira con dificultad, el nerviosismo todavía le hace temblar ligeramente las piernas. Luego se sube al mismo vehículo en el que llegó. En pocos días volverán a comunicarse con los documentos listos. Sin cruzar miradas con su contacto, el abogado enciende el motor. Aprieta el acelerador con suavidad y avanza con calma por la calle, sin despertar sospechas. Desde el espejo retrovisor ve a las abuelas y a la mujer del coche. También ve a los carabineros que se alejan. Súbitamente han dejado de ser un peligro. Desde la ventana de su furgón observan a otras personas, a otros autos. O quizá no observan nada. Simplemente van cantando alguna canción de la radio o comentando alguna noticia del día. Siguen con su ronda diaria de vigilancia sin sospechar que en la camioneta de la Librería Manantial, que en este momento abandona el barrio, viaja escondido debajo de muchos paquetes un hombre sin identidad. Un verdadero fantasma.

Sí, a veces sueño con ratas.
Con piezas oscuras y con ratas.
Con mujeres y hombres que gritan, y con cartas como la suya,
que llegan desde el futuro preguntando por esos gritos.

No sé qué responderle.
Ya no entiendo lo que dicen esos gritos.
Tampoco lo que dicen las cartas.

Acabo de ver un programa en la televisión que se llama *Juegos de la mente*. Un animador guía una serie de ejercicios y situaciones en las que se pone a prueba la capacidad mental del espectador. A través de estos juegos, magos, neurocientíficos y filósofos desfilan por la pantalla intentando dar una explicación a los diversos misterios del cerebro humano. El capítulo que acabo de ver trata sobre la ceguera por desatención. O para ser más clara, sobre cómo el cerebro ve lo que quiere ver. El animador dice que normalmente asumimos que vemos lo que nuestros ojos tienen enfrente, pero que la verdadera magia está en lo que nuestro cerebro hace con la información. Sin el sentido con que el cerebro ordena e interpreta, lo que vemos sería una colección de formas y colores aleatoria. Sin embargo toda esa gran capacidad de procesamiento tiene también sus límites, nos dice el animador, y para eso se establece el primer juego.

En el televisor vemos cuatro pequeñas pelotas de fútbol. Cada una se encuentra ubicada en una de las esquinas de la pantalla. El animador nos pide que elijamos una y que nos concentremos en ella. Yo elijo la de la esquina superior izquierda. Luego sigo la instrucción y me concentro. No miro las otras tres, tal como se me ha ordenado, sólo miro mi pequeña pelota de la esquina superior izquierda. Mientras lo hago escucho la voz del animador que va describiendo justamente lo que está pasando frente a mis ojos en este momento: las otras tres pelotas comienzan a desaparecer de la pantalla. De un momento a otro sólo veo la pelota que elegí. Lo curioso es que cuando me dan la instrucción para que vuelva a ampliar la mirada al resto de la pantalla, me doy cuenta de que las otras tres pelotas siempre estuvieron ahí. Mis ojos las vieron, pero cuando me concentré sólo en una, mi cerebro dejó de interpretar a las demás. Las invisibilizó.

Durante la Primera Guerra Mundial los alemanes usaron una de sus más temibles armas, los U-boot, submarinos difíciles de bombardear porque nunca salían a la superficie. Según el animador del programa, luego de innumerables y devastadores ataques, la tripulación de un barco de la Armada Británica tuvo una excéntrica idea. Para hacer emerger a los submarinos y poder atacarlos disfrazarían su embarcación como un inofensivo crucero de placer. Los submarinos verían a través de sus periscopios que no había peligro y saldrían a la superficie confiados, sin imaginar que el ataque era inminente. Para llevar a cabo este operativo de engaño los ingleses necesitaban una pieza clave que en los barcos de guerra no existía: mujeres. De esta forma se decidió que parte de la tripulación debía disfrazarse. Del brazo de sus compañeros, muchos de los marinos travestidos se pasearon por la cubierta aparentando ser las felices esposas de algún matrimonio turista, o amigas que conversaban tomando aire marino, como relajadas viajeras. La delirante idea dio resultado. Algún lente de algún periscopio de algún submarino captó la imagen y rápidamente la tripulación alemana asumió que no había peligro aparente para salir a flote. Según el animador del programa, el día 15 de marzo de 1917 el barco carnada británico atacó al primero de los submarinos que serían destruidos usando este extraño procedimiento.

Los alemanes vieron a hombres vestidos de mujer en la cubierta de un barco de guerra. Sin embargo lo que procesaron de esa imagen fue que estaban frente a un crucero de placer. Rápidamente asumieron detalles que encajaban con una idea preconcebida, dieron por sentada una información de la que no estaban al tanto, infirieron y le dieron un sentido equivocado a los datos objetivos que tenían frente a sus ojos. Gracias a un pequeño truco de los ingleses, los alemanes decidieron ver una sola pelota de fútbol.

El truco, dice el animador, es el que hace la magia.

No importa lo que ves, importa lo que crees que ves.

Hace unos meses, en esta misma pantalla en la que acabo de ver *Juegos de la mente*, con M vimos un especial sobre los montajes comunicacionales de la dictadura. M es el papá de mi hijo. Si esto fuera un ejercicio de *Juegos de la mente*, el que nos viera funcionar durante el día en nuestra casa inferiría que él es mi esposo. Sin embargo la voz del animador aclararía el error porque no estamos casados. Si el lector hubiera puesto real atención a los datos objetivos planteados en todo este libro, habría asumido la presencia de M. Una presencia lateral, quizá fantasmal, pero una presencia al fin y al cabo. Incluso ha sido mencionado en un capítulo como el padre del hijo de la narradora, ¿pero alguien ha pensado en él mientras llegamos a esta parte de la lectura? Estoy segura de que no. Nadie lo ha imaginado con propiedad. El truco ha sido no enfocar la atención en M. Hasta ahora, que doy la instrucción para dejar de mirar la esquina superior izquierda y ver la pantalla completa.

M y yo estamos tirados en la cama mirando televisión. M no es mi esposo, pero tampoco es mi novio. Debiera decir que es mi pareja, o mi compañero, pero esos términos me parecen tan cursis. Huérfana de palabra que defina nuestra relación he decidido llamarlo M. Decía entonces que juntos vimos un especial sobre montajes en dictadura. Somos algo obsesos con el tema y cuando reportajes como este son anunciados nos preparamos para verlo. El programa se dedicaba a repasar varias de las puestas en escena que se montaron para manejar la verdad. Muchos de los medios de comunicación fueron utilizados en reiteradas ocasiones como vehículos para desinformar y mentir. De hecho, Televisión Nacional de Chile, la televisión estatal, fue intervenida militarmente y utilizada en este importante frente de batalla: la manipulación de la realidad, el arte de hacernos ver sólo una pelota de fútbol.

Las primeras imágenes que recuerdo son las de la visita de un delegado de la Cruz Roja Internacional al campo de prisioneros de Pisagua, a meses del Golpe Militar. Un equipo de Televisión Nacional hizo el registro de la visita. En él vimos a un grupo de prisioneros flacos y desgreñados, bañándose en la playa en calzoncillos y jugando fútbol. Mientras se ven estas imágenes se entrevista a tres detenidos que con voz tímida dicen que el trato que reciben en el campamento es maravilloso, que se sienten como en una verdadera colonia de vacaciones. Inevitablemente con M estallamos en una carcajada. La imagen es patética.

Todo está groseramente manipulado. Parece el acto de un programa humorístico al estilo de los Monty Python. Un sketch triste, un chiste negro y cruel, pero un chiste al fin y al cabo.

Después siguen conferencias de prensa y testimonios falsos. Supuestos enfrentamientos, supuestas guerrillas, supuestos suicidios, supuestos hallazgos de supuestos arsenales de armas y documentos. Y entre los supuestos de los supuestos aparece un montaje del año 1983.

Hacía una semana que el MIR, Movimiento de Izquierda Revolucionaria, había realizado un atentado en el que resultó muerto el intendente de Santiago, el general Carol Urzúa. Las represalias no se hicieron esperar y, además de detener a los responsables, días después agentes de la CNI, Central Nacional de Informaciones, rodearon dos casas de seguridad del MIR y mataron a cinco de sus miembros mostrando lo ocurrido a la prensa como brutales enfrentamientos.

M recuerda bien esta noticia. Era un niño, tenía doce años y vivía muy cerca de la calle Fuenteovejuna, donde se encontraba una de esas casas de seguridad del MIR. M dice que fue temprano, cerca de las ocho de la noche, cuando se escucharon explosiones en el barrio. En esos tiempos, hay que decirlo, a veces se escuchaban explosiones en los barrios. Su madre tenía por política echar llave a la puerta del departamento cada vez que había apagones o pasaban helicópteros o se escuchaban explosiones como ésta cerca o lejos del edificio donde vivían. Entonces en el departamento de M rápidamente se puso llave a la puerta, como una medida de seguridad infranqueable, y se siguió con la rutina de la tarde. Poner la mesa, servir la cena, ordenar la ropa y los útiles escolares para el día siguiente.

M dice que esperó alguna información en las noticias, pero no recuerda que haya salido nada. Fue después, tarde en la noche, cuando un extra noticioso interrumpió la programación. Ahí M debe haber visto la misma cápsula noticiosa que vimos en el especial. Un periodista relata que en la calle Fuenteovejuna 1330 de la comuna de Las Condes tres extremistas, dos hombres y una mujer, resultaron muertos luego de un espectacular enfrentamiento que terminó en un gran incendio. Los extremistas, al verse acorralados por la policía, decidieron quemar todos los documentos comprometedores que guardaban en la casa de seguridad generando un incendio que, en el momento de la nota, aún no era del todo apagado por bomberos.

M debe haber visto esa casa cuando era un niño y paseaba en patineta por su barrio. Una casa blanca, de un piso, construcción de ladrillos, con un pequeño antejardín y una reja en su entrada. Sin embargo nunca reparó en ella. Sus ojos la vieron, pero su cerebro no la procesó. Sólo esa noche, ahí, frente a la pantalla de su viejo televisor ochentero, siguió la instrucción, como todos los que miraban la noticia, y se concentró en la casa, sólo en ella y en lo que la voz del periodista le decía.

Tirados en nuestra cama, vimos el informe noticioso tal como lo debe haber visto todo el país el año 1983. Observamos el gran movimiento que había en el exterior de la casa en llamas. El periodista decía que los extremistas habían sido interceptados por carabineros en un control de rutina a unas cuadras de la casa. El periodista decía que al verse sorprendidos sacaron sus armas y dispararon mientras huían a esconderse. El periodista decía que desde dentro los extremistas habían disparado a matar originando una dramática balacera que afortunadamente no había herido a ningún uniformado. El periodista hablaba entre medio de las balizas encendidas, su voz se escuchaba sucia por el sonido de algunos radiotrasmisores, por las voces de los bomberos, de otros periodistas, de agentes y carabineros que deambulaban.

Me senté en la cama, acercándome a la pantalla para observar con detención. Todo se veía desteñido y gris, tal como son mis recuerdos de esa época. Miré con detalle cada esquina de la imagen, consciente de que no debía perder atención a ningún rincón, a ningún segundo plano. Vigilé cada rostro que cruzó frente a mí, los seguí con interés obseso, con ojo de espía, porque en medio de todo ese ajetreo, camuflado entre las sombras y el humo, quizá enfocado un segundo por las cámaras o escondido en las bambalinas de la escena, sabía que se encontraba él. El hombre que torturaba.

Abramos otra vez esta puerta. Tras ella encontraremos una dimensión distinta. Un mundo escondido desde siempre por el viejo truco que nos hace correr la mirada hacia otro lado. Un territorio vasto y oscuro, que parece lejano, pero que se encuentra tan cerca como la imagen que nos devuelve a diario el espejo. Están ustedes cruzando al otro lado del vidrio, habría dicho el intenso narrador de mi serie favorita. Están ustedes entrando a la dimensión desconocida.

El hombre que torturaba dice que el 7 de septiembre de 1983 fueron citados a un gran operativo. Cerca de las ocho de la noche, él y un grupo de sesenta agentes llegaron a los estacionamientos de un supermercado. Mientras los santiaguinos del barrio alto hacían sus compras y cargaban sus autos con bolsas llenas de mercadería, los sesenta agentes esperaban instrucciones. El hombre que torturaba dice que hasta ahí llegó un jeep de la CNI con la instalación de una ametralladora punto treinta. Una reineta, así dice. Un oficial de carabineros les explicó que el objetivo de la noche eran tres extremistas que se encontraban en una casa de seguridad en la calle Fuenteovejuna. Sus nombres eran Sergio Peña, Lucía Vergara y Arturo Villavela, conocido por su chapa de El Coño Aguilar, pieza clave en la organización del MIR. Ya habían sido detenidos los autores materiales de la muerte del general Carol Urzúa, pero esta acción se enfocaba deliberadamente en terminar con la dirección del movimiento y en dar señas claras de quién mandaba. El hombre que torturaba dice que el oficial de Carabineros les advirtió que ningún huevón debía salir vivo de esa casa. Así dijo: ningún huevón sale vivo, todos muertos. Esa fue la instrucción que les dieron. El hombre que torturaba dice que los sesenta agentes dejaron el supermercado y se trasladaron a la calle Fuenteovejuna.

Aquí es cuando entra M en la historia. Seguramente los sesenta agentes pasaron en sus camionetas cerca del edificio de M. Seguramente mientras mi suegra preparaba la comida, ahí en el piso trece, los sesenta agentes se apostaban a unos metros de la casa de ladrillos blanca con numeración 1330, tan cerca del edificio de M. Ahí montaron la ametralladora punto treinta que puede disparar hasta mil tiros por minuto y desalojaron las casas vecinas preparando el escenario de la ejecución. Seguramente mientras M ponía la mesa para la comida y ordenaba los tenedores y las cucharas, los sesenta agentes escuchaban por radio al oficial que les daba la orden para que comenzaran los disparos.

Quizá qué estaban haciendo adentro Sergio Peña, Lucía Vergara y Arturo Villavela.

Quizá preparaban la cena también. Quizá Sergio ponía la mesa. Quizá Arturo cocinaba algo para los tres. Quizá Lucía ordenaba cucharas y tenedores cuando llegó esa ráfaga sorpresiva de balas. Quizá fue ahí, en ese primer minuto de balacera, que M y su familia sintieron lo que ellos llaman la primera explosión. Quizá dejaron de hacer lo que hacían. Quizá M y su madre se miraron extrañados y hasta asustados. Quizá fue ahí que mi suegra corrió a echarle llave a la puerta del departamento. Quizá fue ahí que un oficial habló por altavoz hacia el 1330 de Fuenteovejuna. Que salieran, dijo. Que estaban rodeados por fuerzas de seguridad, que se rindieran. Seguramente M se asomó a alguna de las ventanas para intentar ver qué pasaba y su madre le dijo que no, que se alejara de ahí, que volviera al comedor, a la mesa, a la comida que pronto iban a servir. Quizá M obedeció y llamó a sus hermanos en el mismo momento en que, por la puerta del 1330 de Fuenteovejuna, Sergio salió con las manos en alto. Seguramente mientras M y sus hermanos se sentaban a la mesa, los sesenta agentes cumplieron con la orden de volver a disparar y Sergio cayó al suelo acribillado. Seguramente fue ahí cuando alguno de los sesenta agentes lanzó una bengala al interior de la casa y ese ruido más el ruido de las ráfagas, fueron escuchados desde el piso trece de la torre donde vivía M como una segunda explosión. El hombre que torturaba dice que Lucía respondió disparando desde el interior y que ahí los sesenta agentes abrieron fuego ininterrumpido por cerca de cuatro minutos. El hombre que torturaba dice que una vez cesado el fuego entraron a la casa y vieron los cuerpos de Lucía y de Arturo tirados en el suelo. El hombre que torturaba dice que le ordenaron sacar los cuerpos a la calle. El hombre que torturaba dice que los cadáveres fueron exhibidos a las cámaras y los reflectores de la prensa como verdaderos trofeos.

M me acompaña a Fuenteovejuna. Es un domingo de febrero, no hay nadie en las calles. El barrio es un lugar tranquilo y fantasmal bajo este sol apabullante de las cinco de la tarde. A unas cuadras una plaza vacía. Columpios, resbalines y bancas solitarias esperando mejores temperaturas para convocar a alguien. En el centro de la calle un bandejón central con árboles viejos que se mueven al contacto del escaso aire que corre. El silencio se llena con ese sonido suave de las ramas por sobre nuestras cabezas. Algo inquietante circula en este lugar, puedo sentirlo. Es como si las construcciones tuvieran conciencia de lo que estoy narrando y frente al recuerdo el paisaje se quedara mudo intentando dar espacio a lo que nuestros ojos no pueden ver, a lo que aparentemente ya no está.

El 1330 tiene poco que ver con el frontis que vimos quemándose en la televisión. En su lugar hay una construcción de dos pisos con una reja alta y una muralla amarilla que no deja ver mucho hacia el interior. Nos preguntamos quién puede vivir en una casa con un historial tan dramático. ¿Sabrán sus habitantes lo que pasó hace treinta y tres años? Adentro, en medio de un pequeño y descuidado antejardín, se deja ver una camioneta cargada con trastos viejos. Un ventilador, un par de cajas de cartón, algunos tarros de pintura. Vigilo para ver si hay movimiento en el interior. Intento detectar la entrada o la salida de alguien, la corrida de alguna cortina, el asomo de un rostro a la ventana, pero no ocurre nada. Todo luce perturbadoramente quieto en esta casa y en esta calle.

Puedo imaginar a M a los doce años andando en patineta. El sonido de las ruedas sobre el pavimento sacude el silencioso espacio. Imagino a M a toda velocidad por la calle y ese simple acto revive este escenario muerto. Mi cerebro hace cortocircuito, completa las zonas oscuras, intenta ver más allá de la información dada y siento la efervescencia de las múltiples posibilidades que mi mente puede explorar en este paisaje dormido.

M en su patineta.

O no, mejor M caminando con sus amigos, conversando y riendo.

Llevan una pelota de fútbol. La van chuteando mientras avanzan. La pelota se mueve de un lugar a otro, alcanza cada una de las esquinas de esta imagen mental. M y sus amigos cruzan por el frontis del 1330. Se detienen un momento, están a punto de tocar el timbre y hacer un rin raja. Pero no lo hacen. Por alguna arbitraria razón, tan arbitraria como mis imaginativas opciones, eligen la casa de al lado. M y sus amigos tocan el timbre del 1332 y corren a toda velocidad, huyen con la pelota, mientras, en el interior del 1330, Lucía, Sergio y Arturo hacen una extraña vida familiar. Se mantienen ignorantes de las correrías preadolescentes de M. Ignorantes de mí que los convoco hoy, e ignorantes también de los agentes que los vigilan desde hace tres meses.

Imagino a Sergio detrás de estas paredes. Quizá lee un libro o fuma un cigarrillo o se toma un café en la cocina. Quizá conversa con Arturo, o ven televisión, o escuchan algún tema en la radio. Imagino y puedo hacer hablar a los muros. Interrogo a las silenciosas casas vecinas, a las mudas ventanas que guardan información detrás de sus cortinas corridas. Imagino y hago testimoniar a los viejos árboles, al cemento que sostiene mis pies, a los postes de la luz, al cableado del teléfono, al aire que circula pesado y no abandona este paisaje. Imagino y puedo resucitar las huellas de la balacera. Mi mente hace cortocircuito e imaginando rehace los relatos truncos, completa los cuentos a medias, visualiza los detalles no mencionados, no hace caso a las instrucciones que me dieron y mira todas las esquinas de la pantalla sin dejar ninguna pelota de fútbol afuera.

Veo a Lucía sentada en la mesa del comedor del 1330. Tiene lápiz y papel y escribe una carta de cumpleaños a su pequeña hijita Alexandra que está en Francia al cuidado de su abuela. La carta será microfilmada y le llegará a la niña gracias a algún curioso operativo que no despierte sospechas ni haga peligrar la vida de nadie. En ella, Lucía le habla de sus ganas de abrazarla y de cantarle en vivo el cumpleaños feliz. Hace meses que volvió a Chile y la echa mucho de menos. También le escribe sobre lo que ocurre en su lejano y desconocido país. Le cuenta sobre la primera protesta nacional organizada por los trabajadores del cobre. Le dice que por la noche la gente toca sus cacerolas en señal de descontento y hambre. Le habla también de la televisión y de un programa que ha visto y está segura le gustaría mucho. Lo dan los fines de semana. Cuando

Lucía lo ve se la imagina a su lado, mirando la pantalla y celebrando. Es una serie para niños que se llama *Los pitufos*. Se trata de una ciudad donde sólo viven los pitufos, que son como niños pequeñitos que habitan en callampas y juegan felices en el bosque. Entre ellos hay sólo una mujer que se llama Pitufina y que tiene el pelo rubio y largo, igual como Lucía recuerda el de su hija. También hay un papá Pitufo que los cuida, escribe vaticinando un futuro posible, pero no tienen mamá.

En este mismo bandejón central donde M y yo permanecemos de pie mirando el frontis del 1330, el hombre que torturaba dejó tendido el cadáver de Lucía. Si bajamos la mirada y usamos nuestra imaginación podemos verla en medio de la noche, tirada aquí, a nuestros pies. Su cuerpo acribillado está desnudo, sólo lleva calzones. Así fue fotografiada por la prensa y así salió al día siguiente en la portada de los diarios. La recuerdo de esa forma, porque así me la mostraron, así recibí la instrucción bajó el titular de «Mueren en espectacular balacera extremistas asesinos del general Carol Urzúa». Así debe haberla visto su familia, su madre allá en Francia, hasta su pequeña hija cuando dejó de ser pequeña. Pese a los años y a toda esta avalancha imaginativa aún no logro entender por qué tenían que desvestirla para esa burda exhibición. ¿Cómo le arrancaron el vestido? ¿Quién le sacó el sostén? ¿Quién le robó el reloj? ¿O los aros? ¿O la cadena que quizá le colgaba del cuello? ¿Dónde fue a dar esa ropa? ¿Quién terminó usando sus cosas? ¿Qué ojos vieron esos senos desnudos? ¿Qué manos tocaron la piel fría de sus muslos? ¿Qué palabras dijeron al desvestirla? ¿Qué fantasía abyecta cruzó por sus pervertidas cabezas? El hombre que torturaba nunca se refiere a eso. En su testimonio no explica o siquiera narra el momento en que Lucía fue despojada de su ropa. Imagino que si él trasladó el cuerpo a la calle debe haber participado del rito. Pero no lo señala. No lo asume. Me da una instrucción en su testimonio y pretende que vuelva la mirada hacia otro lugar.

Si esto fuera un capítulo de *Juegos de la mente*, el que nos viera a M y a mí detenidos en esta calle pensaría que somos dos vecinos de este tranquilo barrio y que disfrutamos de una excéntrica caminata veraniega bajo los potentes rayos del sol. Los ojos de los espectadores sólo verían la calma, observarían el tenue movimiento de las copas de los árboles y las silenciosas fachadas de estas casas del sector alto de la capital. Al igual que los alemanes del submarino de la Primera Guerra, el periscopio les mostraría este paisaje y ellos verían aquí un crucero de placer. No verían a Lucía desnuda en el suelo esperando una sábana que por fin la cubra. Frente a la información que tienen delante de sus ojos sólo les quedaría asumir la primera versión que sus cerebros elucubren. Si esto fuera un capítulo de *Juegos de la mente* el animador cerraría el programa diciéndonos lo que ya sabemos. Que basta con un simple truco para ver sólo una pelota de fútbol.

Una vez volví de un operativo
con los pantalones manchados de sangre.
Yo no me di cuenta, pero mi mujer sí.
Ella me preguntó si venía de la masacre
que había salido en la televisión,
esa del par de casas baleadas
en Las Condes y en Quinta Normal.

Siempre le mentía, pero esa noche no pude.

Vi su cara cuando le contesté que sí.
Su cara me dio miedo.
Su silencio me dio miedo.

Esa noche comencé a soñar con ratas.
Con piezas oscuras y con ratas.
Ratas que me miraban con ojos rojos.
Ratas que me seguían y se encerraban conmigo,
colándose por entre medio
de mis pantalones manchados de sangre.

Mario almuerza con su papá y su tío. Su papá no es su papá y su tío no es su tío. Los nombres que usan tampoco son sus nombres, pero en la representación del día a día en esta vida de clandestinidad, Mario es Mario, su papá es su papá y su tío es su tío. Mario viste su uniforme escolar. Tiene quince años y ha vuelto del colegio. Ahora que están reunidos en la mesa, su tío que no es su tío, y su padre que no es su padre le preguntan cómo le fue. Para Mario la pregunta es compleja. Hace unos meses retomó la escolaridad, entonces no ha sido fácil volver al estudio, a los libros, a las tareas. Además su colegio no es su colegio. Es uno nuevo, distinto al último, que a la vez era distinto al anterior, y al anterior, y al anterior.

Me fue más o menos, responde, y ni su padre ni su tío insisten porque saben que en el juego de los roles, ni los padres ni los tíos falsos deben hinchar las pelotas.

La radio se encuentra encendida mientras comen. La voz de un locutor va informando las noticias del día. En el rito cotidiano, Mario llega del colegio y los tres se sientan a almorzar escuchando el informe noticioso. Probablemente se esté comentando el atentado al general Carol Urzúa. Fue hace una semana y en la radio y la televisión sólo se habla de eso.

Cuando han terminado, el tío recoge los platos y comienza a lavar la loza. Mario y su padre conversan un rato más. Quizá hablan de la madre de Mario, que sí es su madre y que sí es la mujer de su padre que no es su padre. Quizá hablan de sus hermanos, que sí son sus hermanos, pero que en el juego de la representación han tenido que separarse y vivir vidas aparte. Ellos se han ido a otra casa en otro país, mientras él se ha quedado en esta casa, que tampoco es su casa, pero que en cierta medida lo es porque a sus quince años ha recorrido tantas casas que ninguna ha sido realmente la suya. O quizá, en parte, todas lo son. La de La Florida, la de San Miguel, la de La Cisterna, la de Conchalí, la de la parroquia de El Salto donde vivía con el curita. Y ahora ésta en Quinta Normal, específicamente en la calle Janequeo 5707.

La madre de Mario trabajaba en una junta de vecinos en la comuna de La Florida. En varias oportunidades, mientras iba a alguna reunión de su trabajo, se dio cuenta de que un par de hombres de bigote y lentes oscuros la observaban escondidos en un taxi o en una camioneta. Preocupada, reunió a sus cuatro hijos y les dijo que se trasladarían a vivir al sur, a la ciudad de Valdivia. Los niños acataron la decisión y cuando llegó el día del traslado se despidieron de sus compañeros del liceo, de sus amigos y vecinos del barrio, y se subieron a un taxi rumbo al terminal de buses. Los sentimientos eran encontrados. Por una parte les entristecía dejar su casa, pero por otra sentían un gran vértigo ante la idea de viajar y conocer un lugar lejano. ¿Cómo sería Valdivia? ¿Cómo serían los valdivianos? ¿Haría mucho frío? ¿Llovería tanto como dicen?

Con todas esas preguntas, Mario y sus hermanos anduvieron en el taxi por calles desconocidas camino al bus que los llevaría al sur. Desde la ventana vieron lugares nunca vistos de la ciudad. Plazas, parques, tiendas comerciales, locales de videojuegos, otra gente, otros almacenes, otros quioscos. Cuando el auto por fin se detuvo, grande fue su sorpresa al darse cuenta de que no estaban en el terminal de buses, sino que frente a una casa de la comuna de San Miguel, así les dijeron. Los niños se quedaron en silencio sin entender lo que pasaba. Bajaron sus bártulos algo desconcertados y luego, una vez adentro, la madre les explicó las reglas de un nuevo juego que comenzarían a jugar.

Esta casa era una casa especial, les dijo. Todo lo que ocurriría de ahora en adelante entre esas cuatro paredes sería un secreto. Las personas que llegaran, las reuniones que se hicieran, los volantes que se imprimieran, las conversaciones que escucharan. Desde ese mismo momento habría cosas que no se podrían contar, que formaban parte de una realidad secreta e inconfesable, una dimensión oculta en la que sólo ellos y nadie más que ellos podrían habitar. Además no volverían a su barrio ni visitarían a sus antiguos amigos porque todos pensaban que estaban en Valdivia. La vieja casa y el viejo barrio eran parte de una vida que ya no existía. Ahora les correspondía ésta, la vida del juego y del secreto.

En esta nueva vida Alejandro, alias Raúl, el padre no padre de Mario, fue la pieza que se agregó al tablero. Alejandro y la madre se habían conocido en el trabajo de ella y se habían enamorado. Ahora, juntos configuraban una familia. Quién sospecharía de una familia así, donde hay cuatro niños que juegan en la calle, que van al liceo de la esquina, que compran helados en el almacén de al frente. Si una de las criaturas sale a dar vueltas con su pelota, nadie imagina que está haciendo un chequeo del barrio. Nadie imagina que luego entregará un reporte a sus padres indicando si hay algún auto sospechoso, si hay algún desconocido que levante alguna alarma. Si uno de los niños acompaña de la mano a un adulto hasta reunirse con otro, nadie imagina que lo que realmente está haciendo es trasladarlo hasta un punto de contacto. Nadie imagina que en esa casa llena de niños se atiende a compañeros heridos, se aloja a compañeros perseguidos, se imprime *El Rebelde* en la imprenta instalada en la pieza del fondo.

Pero en el juego de la representación se vuelve al punto cero muchas veces. Eso la madre no se los dijo, pero Mario y sus hermanos comenzaron a entenderlo. Desde esa casa de San Miguel se trasladaron a otra, y luego a otra, y luego a otra. Como si hubiesen pisado un casillero que los obligaba a volver al inicio, muchas veces se encontraron en una nueva casa, con nuevos vecinos, inaugurando una vida nueva que dejaba en secreto la anterior.

Cada nueva vida traía un nuevo colegio. Y cada nuevo colegio exigía una nueva historia para responder las preguntas de los nuevos compañeros. Esa historia no debía ser la real, por supuesto, ni mucho menos parecida a la inventada en el colegio anterior. Jugando el juego, Mario elaboró vidas que no tuvo, inventó nombres que no eran de él, fabuló con abuelos falsos, familiares inexistentes, cumpleaños mentirosos, viajes irreales. Cada detalle de cada una de las versiones de cada una de las vidas, debía ser coordinado minuciosamente con sus hermanos y sus padres para que nadie fuera a salirse del guión. Y así en cada colegio y en cada barrio a los que llegó. Todos los casilleros nuevos que pisaba obligaban a representar sobre la representación. A inventar sobre lo ya inventado. Los límites entre la realidad y la ficción se volvieron tan delgados y azarosos, tan confusos y enredados en cada nuevo nivel del juego que, por su propia seguridad y su salud mental, al cabo de un tiempo, Mario y sus hermanos tuvieron que interrumpir por un tiempo su vida escolar.

A los trece años comenzó a trabajar como comerciante en el barrio de Patronato. A diario se trasladaba hacia allá conquistando un nuevo territorio. Poco a poco el tablero se ampliaba y, como en el Monopoly, la ciudad iba siendo recorrida y colonizada por ellos y por el juego del secreto. Uno de sus hermanos trabajó como cuidador de autos en el Estadio Nacional, lo que los llevó a lanzar las fichas a Ñuñoa. Luego fueron vendedores en ferias libres en distintas comunas. Luego se cambiaron de casa a La Cisterna. Luego se fueron de La Cisterna. Luego se cambiaron a Conchalí. Luego se fueron de Conchalí. Luego se separaron y Mario fue a dar a una parroquia en El Salto donde fue acogido por un sacerdote español. Luego otras casas. Otros barrios. Otros vecinos. Otros amigos. Y así de casillero en casillero, de nivel en nivel, de vida en vida.

Escribo mientras mi hijo celebra sus quince años con un grupo de amigos. Están en el comedor comiendo y riéndose. Desde aquí puedo escucharlos. Se conocen desde que tienen cinco años. Han crecido juntos, han estudiado en el mismo colegio, han cambiado dientes, han visto aparecer sus espinillas, han incursionado en la música, en el deporte, en las mujeres, en la calle, y por todo eso y por otras cuantas cosas más, ahora dicen ser amigos. Una línea histórica sin interrupciones ha ido hilvanando su relación. Estoy segura de que hay muchas zonas que mi hijo desconoce de cada uno de ellos, pero no me cabe ninguna duda de que sus nombres son sus nombres, sus padres son sus padres, sus casas son sus casas y sus vidas son sus vidas.

Mario llegó a Janequeo 5707 a comienzos de 1983. La casa estaba ubicada frente a un policlínico. Era una casa vieja, de adobe y ladrillo, con fachada continua, que en su interior tenía dos patios donde crecían árboles frutales. Ahí compartían el tablero con nuevos jugadores. El tío José, que en realidad se llamaba Hugo y que en realidad tampoco era su tío, más su señora y sus tres hijos, que en realidad no eran sus primos, pero había que tratarlos como si lo fueran. De pronto vivían apatotados. Había tantas piezas que coordinar en el juego, que la vida en Janequeo se hizo más entretenida. Los niños eran varios y ese verano disfrutaron de los árboles frutales, de la plaza de al frente, de los peloteos en la calle, de los manguereos en el patio, de los almuerzos multitudinarios en la mesa del comedor. La vieja casa estaba llena de vida. Pero pese a la efervescente energía que se respiraba entre los niños en Janequeo, afuera se vivían tiempos complejos de protestas y caceroleos y, mientras la patota jugaba, un taxi sin patente se paraba a espiar en la esquina todas las semanas. Mario lo vio en sus chequeos diarios y entregó la información a sus padres como debía ser. Así, antes de que terminara el verano, se decidió una movida estratégica. La tía, que no era su tía, y sus tres hijos, que no eran sus primos, abandonarían el país rumbo a Cuba por su seguridad. Luego, en mayo, a unos pocos meses, se decidió otra nueva jugada. La madre, lo único auténtico que le quedaba a Mario, viajaría fuera del país. Había que proteger a una de las piezas más valiosas y la única manera posible era sacándola del tablero. La madre viajó a Cuba y sus hermanos lo hicieron unos meses después. Mario los vio irse con sus bolsos y maletas, y al hacerlo sintió el vacío en esa casa grande y vieja, que no era su casa, sino una casa de mentira, de una familia de mentira con una vida de mentira. Ya no habría almuerzos multitudinarios preparados para todos por el tío José, ni tardes frente al televisor, ni peloteos callejeros, ni manguereos en el patio de atrás. El tablero comenzaba a quedar vacío. Por alguna razón, él no partió y se quedó en Janequeo 5707 con Hugo, alias el tío José, y Alejandro, alias su papá Raúl, lejos de su madre real y sus hermanos reales, perpetuando el juego de los roles, asumiendo a diario la representación, hasta llegar a este momento, la sobremesa del día 7 de septiembre de 1983.

A las 16.30 horas se desarrolla la primera jugada importante de la tarde: Alejandro, alias Raúl, el padre no padre de Mario, se despide de él con un beso en la frente y sale de la casa. Volverá luego, dice.

A las 16.35 horas, Hugo, alias el tío José, se instala junto a Mario en el living y le conversa sobre sus años de estudiante en su país de origen, Argentina. Es un momento divertido, pero a las 17.00 horas Mario se va a su pieza a intentar estudiar, porque en esta vida de representaciones, intentar ser un buen alumno ayuda bastante.

A las 18.00 horas, Mario cierra sus cuadernos y piensa que Alejandro, alias Raúl, su padre que no es su padre, se ha demorado en volver.

A las 19.50 horas, Mario siente hambre y sale de su pieza.

A las 19.55 horas, Mario se encuentra con Hugo, alias su tío José, en la cocina, preparando leche con plátano.

A las 20.00 horas, Hugo, alias el tío José, se muestra preocupado por la tardanza de Alejandro, alias Raúl, mientras sirve dos vasos de leche con plátano.

A las 20.05 horas, Mario y Hugo, alias el tío José, se sientan a ver las noticias en la televisión.

A las 20.10 horas, Mario se pone de pie porque las noticias lo aburren y se va a escuchar música a su pieza.

A las 20.15 horas, Mario pone un casete de Los Jaivas en su radio y comienza a escuchar al Gato Alquinta cantando uno de sus temas.

A las 20.30 horas, Mario escucha balazos en el barrio. No baja el volumen de la radio, tampoco detiene la música. Balazos, helicópteros o bombazos, se escuchan de vez en cuando en todos los barrios donde ha vivido sus anteriores vidas, entonces no hay razón para que en esta se alarme.

A las 20:35 horas, Mario escucha gritos.

A las 20:36 horas, Mario escucha una ráfaga de metralleta y se da cuenta de que los disparos son a la casa. Instintivamente se lanza al suelo.

A las 20.37 horas comienza a ver el humo que se filtra por las rendijas de la puerta de su pieza. A las 20.40 sale al pasillo oscuro a buscar a Hugo, alias el tío José. Tío, le grita a la pieza, pero nadie responde. A las 20:41 escucha voces. A las 20:42 se da cuenta de que son voces de agentes. A las 20:43 siente otra ráfaga sobre la casa. A las 20:44 no entiende cómo está vivo después de los disparos y corre por el pasillo a oscuras, lleno de humo, buscando a Hugo, alias el tío José. A las 20:45 se da cuenta de que el tío no está ni en la pieza, ni en la cocina, no lo ve por ninguna parte. Tío, grita, tío, pero otra vez no recibe respuesta. A las 20:46 piensa acurrucarse en el suelo y quedarse ahí, pase lo que pase, pero a las 20:47 piensa que no, que no puede entregarse a su suerte, que debe huir, no importa a dónde, salir de ahí antes de que otra ráfaga de metralleta lo mate. A las 20:48 está en el patio trasero. A las 20:49 se encarama por el muro que colinda con la casa de al lado y, mientras está trepando, a las 20:50, piensa en Alejandro, alias Raúl, su padre que no es su padre, piensa en la suerte que tuvo al no volver. Su atraso lo salvó, cree, y a las 20:51 cae al patio de la casa vecina mientras sigue escuchando disparos y la voz de los agentes, que patean puertas y botan muebles en el 5707, mientras él, a las 20:52, intenta encaramarse en el otro muro para seguir huyendo de patio en patio. Pero a las 20:53 se da cuenta de que este nuevo muro es muy alto, que está cansado, que el cuerpo le tiembla, que no es fácil dejar la casa atrás, que esta vida le pesa, que no lo logrará. A las 20:54 decide tocar el vidrio de la ventana del vecino, que a las 20:55 se asoma a su patio trasero al escuchar los golpes y ve la silueta de un joven de quince años que pide ayuda asustado.

Es mi casa, dice el joven cuando son las 20:56.

Lo que pasa es en mi casa, dice a las 20:57 y vuelve a repetir lo mismo a las 20:58 y a las 20:59. Es mi casa, mi casa, mi casa, y cada repetición es dicha con la convicción de quien no miente.

Inevitablemente se me mezclan los quinceañeros. Pienso en el Mario de esa noche de septiembre de 1983. Quizá lo pasaría bien con mi hijo y sus amigos allá adentro.

En una vida que no tuvo, lo sentaríamos a nuestra mesa para que comiera un pedazo de torta y le diríamos que se quedara en esta casa el tiempo que quisiera. Que no es necesario seguir trepando más y más muros.

Andrés Antonio Valenzuela Morales, alias el hombre que torturaba, dice que él estuvo ahí. Luego de sacar el cuerpo de Lucía Vergara al bandejón central de la calle Fuenteovejuna, recibió la orden para trasladarse con su equipo al otro extremo de la ciudad, a la comuna de Quinta Normal, específicamente a la calle Janequeo número 5707. Lo dice frente a mí, en la pantalla de un computador, en una grabación hecha en Francia, probablemente a fines de los años ochenta.

Está sentado en un café oscuro. Tiene el pelo largo, muy distinto a las fotos que he visto de él. Una cabellera gruesa, voluminosa, parece otra persona. A su lado se encuentra Ricardo Parez, mirista exiliado, compañero de Alejandro Salgado, alias Raúl, y de Hugo Ratier, alias José. Ricardo lo observa mientras bebe de un vaso de vino o agua. El hombre que torturaba fuma y responde sus preguntas porque esto es una entrevista. Algo informal, de registro casero, pero que servirá de prueba para una posible querella por el caso de Fuenteovejuna y Janequeo, en ese país lejano que es Chile en esta nueva vida que ambos tienen. Es por eso que Parez le pide que repita con claridad algunas frases. Que tenían la orden de matar a todos los que vivían en ambas casas, por ejemplo. Que la intención siempre fue eliminarlos tanto en Fuenteovejuna como en Janequeo. Que sabían perfectamente que no eran los responsables directos de la muerte del general Carol Urzúa. Que estas muertes eran una especie de vendetta.

El hombre que torturaba repite las frases con claridad, tal cual se lo solicitan, acostumbrado a cumplir órdenes. Ambos parecen algo incómodos, pero intentan romper esa atmósfera y lanzan frases coloquiales que suenan destempladas. Parez le pregunta por su apodo de Papudo, y el hombre que torturaba le explica que en el servicio militar todos sus compañeros eran del sur y él era el único de esa zona y que por eso le pusieron Papudo. Y los dos se ríen, y es raro cuando se ríen. Yo creo que ellos mismos se sienten algo estúpidos, o eso es lo que parece.

La música de un tango en francés suena por debajo de sus palabras. El hombre que torturaba dice que cuando él y su equipo llegaron a Janequeo la operación ya había comenzado. Todo el mundo disparaba, dice. El mismo jeep que trasladaba la reineta en Fuenteovejuna se encontraba en medio de la calle haciendo lo suyo contra el frontis del 5707, donde supuestamente debían estar los miristas Hugo Ratier, alias José, y Alejandro Salgado, alias Raúl.

El hombre que torturaba dice que a los pocos minutos de haber llegado vio a una persona que caminaba por la calle con bolsas de comida. Esta persona se detuvo a ver lo que pasaba. Era un hombre. Podía haber sido cualquier vecino del barrio, pero rápidamente fue identificado como Alejandro Salgado. Cuando Alejandro, alias Raúl, el padre que no era el padre de Mario, vio cómo un grupo de agentes disparaban hacia la casa que no era su casa, comenzó a correr, a huir despavorido, tal como en ese mismo momento Mario lo hacía saltando muros desde el patio trasero. Alejandro pasó cerca de la camioneta donde se encontraba el hombre que torturaba. El hombre que torturaba dice que lo vio pasar junto a ellos y se agachó porque el resto de los agentes comenzaron a disparar en su contra.

Cayó cerca de una plaza.
No traía armas, pero un agente se acercó y le puso una pistola en la mano.
Así apareció al otro día en los diarios.
Tirado en el suelo y con la pistola, como si hubiera disparado.
Yo lo vi.

Un extra noticioso informó esa noche sobre un violento enfrentamiento. Mario pudo verlo en el televisor del vecino. Mientras oía las voces y los movimientos del otro lado del muro, vio las imágenes de su casa por la pantalla. Había carabineros y agentes armados paseándose por los pasillos. Sobre la mesa del comedor, la misma en la que habían almorzado hace unas horas, la del mantel de hule con flores anaranjadas, aparecían papeles y muchos documentos de identidad falsos, además de un grupo importante de armas que él nunca antes había visto. Granadas, municiones, metralletas, pistolas. Si hubiese habido algún arma en la casa, la habríamos disparado para defendernos, pensó Mario. El locutor hablaba a cámara con un micrófono entre las manos y, mientras se paseaba mostrando armas y documentos, anunciaba que las fuerzas de seguridad habían matado a dos temibles terroristas en un brutal enfrentamiento.

El hombre que torturaba dice que cuando entraron a la casa los vecinos les dijeron que había un niño. El hombre que torturaba dice que encontraron el cuerpo de Hugo Ratier tirado en el piso, pero que el niño no estaba.

Mario pasó la noche escondido en la casa del vecino, a unos metros de la escena del crimen. Al día siguiente salieron temprano por la puerta delantera y caminaron hasta el paradero de micro. La fachada de la casa estaba llena de balazos, los vidrios rotos, los marcos de las ventanas quebrados, la puerta descerrajada. Mario miró todo con disimulo, como si fuera un vecino más del barrio, como si esa no hubiera sido su casa, como si ahí no hubiera vivido su última vida. Por la calle todavía se paseaban carabineros, pero nadie reparaba en él. Nadie lo buscaba, ni preguntaba qué había pasado con el niño. Era como si nunca hubiera existido. Como si de tanto vivir invisibilizado en el juego y el secreto se hubiera transformado en un secreto más.

Tomaron una micro que los dejó en el barrio Mapocho. Ahí se bajaron y desayunaron algo. Cuando terminaron el desayuno el vecino lo llevó al taller donde trabajaba. Le dijo que si necesitaba algo lo podría encontrar ahí. Después le dio un poco de plata y se despidieron.

Mario caminó sin rumbo por el centro de Santiago. Sin saber cómo llegó a la Plaza de Armas, punto cero del tablero. Eje central de cualquier juego. Allí todo funcionaba normalmente, parecía que nada hubiera pasado. La gente se dirigía a sus trabajos, las micros llenaban las calles, las tiendas comenzaban a abrir, los viejos alimentaban a las palomas. Por un breve momento deseó ser alguna de esas personas. Tener una vida, no una lista interminable tan difícil de coordinar y recordar. Ir a un solo liceo, quizá estudiar algo después, una carrera cualquiera, trabajar, encontrar a una mujer que lo llamara por su nombre, inaugurar una casa y no mudarse por lo menos en una década. Tener hijos a los que no despertaría de noche para salir huyendo, hijos con los que celebraría sus quince años entre amigos, con una torta cumpleañera.

En un quiosco vio los diarios del día y leyó los titulares. En uno de ellos pudo ver una foto en la que aparecía el cuerpo de Alejandro. Estaba tendido boca arriba con el rostro ensangrentado y una pistola cerca de su mano derecha. Era él, su padre no padre. El mismo que hasta ayer vivió a su lado en esa casa que no era su casa, viviendo una vida de mentiras, pero que a la luz de lo ocurrido era la única vida que tenía. Mario tuvo el impulso de gastar el poco dinero que le dio el vecino en comprar un par de diarios. Guardar esas fotografías como un recuerdo o una prueba, pero rápidamente cambió de opinión. Estaba pauteado por el juego y el secreto y ahora, que no había reglas claras que seguir, ni casilleros a los que retroceder, se encontraba en el punto cero para partir una vez más.

Mario tiró mentalmente los dados y caminando se perdió en la ciudad.

Sí, a veces sueño con ratas.
Con piezas oscuras y con ratas.
Con hombres y mujeres que gritan
y con cartas que vienen desde el futuro
preguntando por esos gritos.

Ya no recuerdo lo que dicen los gritos.
Tampoco lo que dicen las cartas.
Sólo me quedan las ratas.

Hice un tratamiento con un psiquiatra
para sacármelas de encima.
Me mandó a hacer un encefalograma.
Vi mi cabeza en una radiografía.
Busqué ahí las ratas para cortarlas con una tijera,
pero no estaban, se camuflaban en las sombras del negativo.

Me hicieron armar cubos,
me hicieron responder pruebas sicológicas.
Dijeron que las ratas estaban ahí
por mis problemas económicos.
Que estaba tenso, nervioso,
que con unas pastillas se me pasaría.

Yo nunca les dije lo que me pasaba.
Nunca les hablé de mi trabajo y lo asqueado que me tenía.
Eran médicos del servicio de inteligencia,
no podía decirles la verdad.

Después no aguanté más.
Fui a la revista e hice lo que hice.

Usted lo ha contado mejor que yo.
Su imaginación es más clara que mi memoria.

De niña siempre tuve debilidad por las historias de fantasmas. Viví en una casa larga y vieja que crujía por las noches y que según mi fantasía infantil estaba completamente habitada por aparecidos. Vi sombras que cruzaban el pasillo a medianoche y escuché el sonido de pasos taconeando el parquet. Sentí risas o conversaciones en la pieza del fondo de gente inexistente. Oí muebles que se movían, vasos que se quebraban, escobas que barrían. Si todo era real o parte de mi delirio infantil nunca lo sabré, pero supongo que gracias a ese imaginario de niña sintonicé enfermizamente con las historias de ánimas. Me sentía emparentada con ellas como si hubieran sido escritas para mí. En cuanto aprendí a leer me sumergí en los libros que las contenían. Llegaban azarosamente, sin plan. Desde el mueble de mi casa, desde la biblioteca de algún amigo o desde el programa lector que nos entregaba la profesora del liceo. Recuerdo al viejo espectro de *El fantasma de Canterville*. Asesino de su mujer, amo y señor de la casa que habitó por siglos, batallando contra la modernidad de la familia Otis que lo ninguneaba con su falta de miedo y con sus productos de aseo que borraban las temibles manchas de sangre del asesinato de Lady Eleonor. Recuerdo también a Ichabod Crane, cabalgando de noche en el pueblo de Sleepy Hollow, huyendo del jinete sin cabeza que lo perseguía para matarlo. O al fantasma de Catherine en *Cumbres borrascosas*, llamando entre la bruma a su amado Heathcliff. O a ese par de pequeños hermanos acosados por las ánimas en *Otra vuelta de tuerca*. O las primeras horas de muerta de Ana María, en *La amortajada*, que repasa su vida entera desde el ataúd en su propio velorio. Recuerdo haber soñado con la inquietante Mansión Usher y sus muebles pegados al piso, o con el Nevermore de ese cuervo que aparecía a medianoche evocando el fantasma de la amada Leonora.

Imagino al hombre que torturaba así, como uno de los personajes de aquellos libros que leí de niña. Un hombre acosado por fantasmas, por el olor a muerto. Huyendo del jinete que quiere descabezarlo o del cuervo que lleva instalado en el hombro susurrándole a diario: Nevermore.

Ahora va en un bus sureño rumbo a Bariloche. Está rodeado de campesinos mapuches que viajan igual que él. En el bolsillo de su chaqueta trae su carnet y su pasaporte nuevos, listos para inaugurarse en el paso de los Andes a la Argentina. Atrás o adelante, en alguno de los asientos, no muy cercano, viaja otro abogado de la Vicaría. No lo conoce, pero sabe quién es porque son los dos únicos pasajeros no mapuches del bus. Se han mirado desde sus asientos, pero no han cruzado palabra. El abogado viaja para protegerlo. Si surge algún problema en el paso fronterizo, si Policía Internacional lo detiene, si el pasaporte falso es identificado, si por alguna razón la Fuerza Aérea o los servicios de seguridad se han enterado de su paradero y de este operativo para sacarlo del país, el abogado tendrá que intervenir y hacer lo que se pueda para que todo siga su curso. Pero no hay mucho qué hacer, los dos lo saben. Si los agentes de inteligencia llegan a detectar esta salida lo más probable es que se encuentren en serios problemas.

El hombre que torturaba intenta no pensar en eso. Han sido meses de encierro y escondite. Ahora deja llevar su mente por el luminoso paisaje que le muestra la ventana. Los campos y sus vacas han ido quedando atrás, el lago Puyehue también y en este momento imagino que se internan en la cordillera. El cielo está nublado. Pequeñas plumas blancas sobrevuelan suavemente el lugar, eso es lo que ve. Las plumas dan un par de vueltas antes de aterrizar en las copas de los árboles, en las ramas de los arbustos, en la hierba, en los pastizales. Es nieve. Probablemente el hombre que torturaba nunca la ha visto, pero la verdad es que eso no lo sé. Sólo imagino que frente a esos copos que caen cada vez más gruesos blanqueando el paisaje, él puede sentir esa sorpresa infantil que se experimenta al ver la nieve o el mar por primera vez.

Por los parlantes del bus suena el *Jingle Bells*. Es diciembre, en pocos días será Navidad. Probablemente todos los campesinos mapuches que viajan a su lado lo hacen por eso, porque vienen las fiestas y van a visitar a sus familiares. Llevan los regalos de turno, las gallinas para la cena de Nochebuena, las botellas de aguardiente y vino tinto. En el bus todos conocen la canción y mueven los labios suavemente, tarareando la melodía, meneando sus cabezas al ritmo, mientras afuera nieva y, en su asiento, el hombre que torturaba piensa en la extraña navidad que se le viene encima si logra huir del país.

Una de las historias de ánimas que recuerdo con mayor gusto es *Canción de Navidad* de Charles Dickens. El argumento es conocido: el viejo y amargado Ebenezer Scrooge recibe para navidad la visita de tres fantasmas, el de las navidades pasadas, el de las navidades presentes y el de las navidades futuras. Con ellos emprende un viaje extraño, mitad sueño, mitad recuerdo, en el que ve distintas escenas navideñas que han sido parte de su vida. O lo son, o lo serán.

Imagino al hombre que torturaba sentado en el bus, recordando los fantasmas de sus propias navidades. Un árbol de pascua decorado con farolitos que se encienden y se apagan allá en su casa de niño en Papudo. Destellos de luz que aún reverberan en su memoria. Sus padres, sus hermanos, quizá algún tío y algunos primos, todos sentados a la mesa, conversando, riendo, comiendo la gallina o el ternero que fue preparado especialmente por la madre. Campesinos como los que viajan a su lado. Felices de compartir una noche bajo la luz tintineante de esas guirnaldas navideñas que brillan al ritmo del *Jingle Bells.*

Otro recuerdo lo asalta. Como un golpe de luz de ese viejo árbol de pascua, recuerda una imagen y un sonido. Es la voz de la primera dama de la nación, doña Lucía Hiriart de Pinochet, hablando a todo el país en una cadena nacional. Él la escucha desde un transmisor radial en el Remo Cero, o quizá en el Nido 20, o en el AGA, o en la frialdad de cualquier prisión, de cualquier cárcel clandestina. Es Nochebuena y le tocó turno para cuidar a los prisioneros. Tanto ellos como los guardias están envueltos por un silencio sin villancicos ni *Jingle Bells.* La voz de la mujer va llenando el espacio con buenos deseos para todos los chilenos. Habla de la importancia de la familia, de los seres queridos, de esta fecha tan especial y emblemática. Habla del niño Jesús, del pesebre, de las vacas, de los chanchos, del burro, de María, de los reyes magos, de la estrellita de Belén, de la magia navideña y del amor todopoderoso de dios.

En esa navidad, o quizá en otra, uno de los guardias pensó en hacer una buena acción. Seguramente había recibido la visita de algún fantasma de sus propias navidades y, en un gesto humanitario, fue abriendo celdas y sacó a los prisioneros más antiguos para que comieran junto a los centinelas esa noche. No sé qué se habrá comido para navidad en un centro de detención. Probablemente lo mismo de todos los días, pero imagino que salir un momento del encierro y compartir un plato de lo que sea habrá hecho de esa cena algo distinto. Quizá había una botella de vino. Quizá un poco de cola de mono y pan de pascua. Quizá alguien encendió una vela. Quizá hablaron relajados, quizá tocaron temas que los convocaban a todos sin hacer diferencias. Seguro que recordaron navidades pasadas, regalos entregados y recibidos. Los guardias y los prisioneros establecían relaciones cercanas porque les tocaba estar juntos mucho tiempo. Había cierta intimidad extraña que los envolvía y que, imagino, esa noche les ayudó a pasar un momento especial. Pero el encuentro no duró mucho. El jefe de unidad llegó en medio de la noche y los sorprendió en este incorrecto rito navideño. La vela se apagó de golpe. La botella de vino fue tapada y se levantó la mesa con el pan de pascua y el cola de mono. La fiesta se acabó rápidamente y todos volvieron a sus jaulas, mientras el guardia responsable perdió su trabajo y fue expulsado de la Fuerza Aérea.

El tercer fantasma que se le apareció a Ebenezer Scrooge era el Fantasma de las Navidades Futuras. El espectro iba cubierto por una túnica negra que le ocultaba la cabeza, el rostro y el resto del cuerpo. Sólo dejaba a la vista una mano extendida que con el dedo índice señalaba hacia adelante. De no ser por eso, habría sido difícil distinguir su figura en la oscuridad de la noche. A pesar de estar acostumbrado a la presencia de fantasmas, Scrooge tenía tanto miedo a aquel misterioso espectro que apenas era capaz de sostenerse en pie.

Fantasma del futuro, dijo, te temo más que a cualquiera de los otros espectros que he visto. Pero como espero seguir mi vida siendo un hombre diferente del que soy, estoy preparado para ver lo que tienes que mostrarme.

Lo que sigue es un paseo nocturno por la ciudad. Como en un gran murmullo, Scrooge y el fantasma escuchan las conversaciones de la gente en la calle. Todos hablan de un muerto reciente, alguien que falleció y que al parecer genera mucho desprecio. Nadie lo llora ni lamenta su partida, piensan que esta navidad será mejor sin ese personaje en la faz de la Tierra. Sin enterarse de qué muerto hablan, el espíritu lleva a Scrooge frente al cadáver solitario. Se trata de un hombre amortajado cuyo rostro es imposible de ver. La habitación en la que se encuentra es lúgubre y triste. No hay flores, no hay velas. Nadie asiste al muerto, nadie lo acompaña más que las ratas que comienzan a tomarse el lugar. La imagen es perturbadora y dolorosa. Scrooge intenta comprender el sentido de lo que el fantasma le está mostrando, pero no alcanza a hacerlo cuando ya lo ha trasladado a otro lugar.

De golpe se encuentran en una humilde casa. Es el hogar de Bob Cratchit, su asistente en la oficina de préstamos que dirige. Un hombre del que nunca se ha interesado en saber nada, pese a los años que llevan trabajando juntos. Scrooge puede ver a Bob en la habitación de uno de sus hijos. Se encuentra sentado en una silla llorando a solas mientras contempla el lugar. Una pequeña muleta sobre la cama da a entender a Scrooge que el hijo enfermo de su asistente ha muerto hace algún tiempo. En esta escena navideña del futuro, Bob se ha encerrado a llorar a escondidas para no entristecer a su familia.

Luego Bob se sienta a la mesa con el resto de sus hijos y su mujer. Les hace prometer a todos que nunca olvidarán al pequeño Tim, así se llamaba el niño. Pese a los años no olvidaremos esta separación que ha sufrido nuestra familia, dice. Siempre recordaremos lo paciente y bueno que era, y no discutiremos entre nosotros por tonterías porque valorar el estar juntos es el regalo de navidad que nos ha dejado vuestro hermano.

Scrooge observa desde la invisibilidad de su condición. La escena es triste, pero luminosa como las velas que están encendidas en la mesa de los Cratchit. El niño no está, pero su presencia los acompaña. Algo parece enfocarse en la mente, o quizá en el gélido corazón de Ebenezer Scrooge, que rápidamente vuelve a recordar aquel cadáver solitario cuya tristeza no poseía la luz de la casa en la que se encuentra ahora.

Espectro, intuyo que se acerca el momento de separarnos, dice Scrooge. Antes de hacerlo necesito saber quién es aquel pobre hombre que vimos muerto.

El Fantasma de las Navidades Futuras extiende su dedo índice hacia delante y trasladó a Ebenezer Scrooge a un tiempo diferente, sin un orden lógico en relación a las escenas recién vistas, un momento futuro, editado por su propia y arbitraria mesa de montaje. En esa edición, Scrooge fue a dar a un cementerio. Sorpresivamente se encontraba bajo un portal de hierro con el espectro a su lado que seguía indicando hacia adelante. La horrible persona que todos despreciaban, cuyo nombre iba a descubrir, se encontraba enterrada ahí. El espíritu se ubicó entre medio de las tumbas e indicó una de ellas. Scrooge avanzó temblando, pero antes de seguir le preguntó al inmutable espectro, que nunca respondía, si lo que había presenciado esa noche junto a él eran las sombras de las cosas que sucederían o sólo las sombras de las cosas que podían llegar a ocurrir.

Los caminos que los hombres toman en vida permiten presagiar su destino, dijo Scrooge. Pero si uno se desvía de ese camino, ¿el destino cambiará?

El espectro no respondió. Permaneció en silencio indicando la tumba que debía ser vista. Scrooge caminó hacia ella y siguiendo la dirección del dedo índice del espectro leyó sobre una descuidada y sucia lápida su propio nombre: Ebenezer Scrooge.

Cuando leí este libro mi profesora nos dio una tarea. Debíamos escribir en una composición el relato de dos navidades. Una que recordáramos y otra que imagináramos en un futuro probable. No recuerdo qué habré escrito. Seguro que alguna imagen de esas navidades setenteras rompiendo papeles de regalo bajo el árbol luminoso y tan bien decorado de la casa de mis primos. O quizá la fantasía de cómo iba a ser esa próxima navidad de los años ochenta. Quizá imaginé algún regalo deseado o algún plato especial de esos que se comían sólo para las fiestas. Mentiría si dijera que pensé en cómo era la nochebuena en las cárceles clandestinas, en los centros de detención.

Mentiría si dijera que imaginé cómo eran las navidades de todos aquellos que habían perdido a alguien en alguna de esas celdas, en algún tiroteo, en alguna sesión de tortura, en una ejecución o como fuera. ¿Se reunirían a celebrar esas familias? ¿Abrirían regalos? ¿Tendrían un pino plástico como el mío? ¿Un pesebre plástico como el mío? ¿Un niño dios plástico como el mío?

Quiero imaginar que esa tarde de diciembre de 1984, mientras huye del país y viaja nervioso, trasladándose rumbo a Argentina, entre medio de todos esos campesinos entusiasmados con las fiestas, con sus regalos en las maletas, en los canastos, con la fantasía de un pino navideño y algunas guirnaldas luminosas made in China, canturreando el *Jingle Bells* en ese paisaje nevado como los que traen las bolas de vidrio decoradas con trineos y viejos pascueros, el hombre que torturaba recibe la temible visita del Fantasma de la Navidad Presente. Sentado en su asiento, con la vista perdida en la nieve, piensa por un momento, quizá por un breve momento, en la familia Flores, en los Weibel, en los Contreras Maluje, en los hijos del Quila Leo, en los hijos del compañero Yuri, en los hijos del Pelao Bratti, en los hijos de Lucía Vergara, de Sergio Peña, de Arturo Villavela, de Hugo Ratier y de Alejandro Salgado. Mesas con alguna cena servida y con alguien que recuerda a los que ya no están. Habitaciones vacías en las que algún padre se encierra escondido a llorar para no entristecer a su familia.

El bus llega a la frontera y todos deben bajarse en la aduana. Las maletas y los canastos serán revisados y cada uno de los pasajeros deberá mostrar su documento de identificación en Policía Internacional. No sé cuánto tiempo habrá durado el trámite, pero sí sé que todos fueron nombrados en voz alta por un policía que pasaba lista y les pedía el carnet para ser revisado. Loncomilla, Catrilef, Epullanca, Newuan, Kanukeo, Antivilo. Caras mapuches, morenas, de pelo grueso, de ojos alargados. El policía confirma datos, revisa su lista, mira el rostro de cada uno y lo compara con el del documento que tiene entre las manos. Y sigue a viva voz llamando a los que restan. Loncomilla, Catrilef, Epullanca, Newuan, Kanukeo, Antivilo. Y entonces pronuncia el nombre del abogado que viaja al resguardo. Su apellido resuena en el lugar.

El hombre que torturaba y él cruzan una breve e imperceptible mirada. El abogado pasa adelante con su carnet y hace lo suyo. Sonríe al policía, espera que este revise, mire, chequee, y entonces toma su carnet de vuelta. Luego siguen otros nombres, otros documentos, otros rostros, hasta que por fin el nombre falso del hombre que torturaba es pronunciado por el policía.

Ni el abogado ni él intentan cruzar miradas.
Sólo disimulan.

El hombre que torturaba pasa adelante. Con una tranquilidad estudiada y aprendida entrega su documento de identificación. Nadie en el lugar puede sospechar el estado de nerviosismo en el que se encuentra. Pese al frío las manos le sudan. El corazón le late acelerado como el ágil tambor de un villancico. El policía mira el documento como ha hecho con todos los pasajeros. Revisa, chequea su lista, comprueba que la fotografía sea la de la persona que tiene enfrente.

Desde lejos el abogado observa. Para él es más difícil disimular, tiene menos entrenamiento. La pierna derecha le tiembla imperceptiblemente. Quizá el párpado derecho también. Siente el estómago apretado. Las manos, el cuello, la espalda, todo le suda. Sabe que este es el momento. Si algo malo ocurre debe actuar, gritar que es un abogado de la Vicaría, que acompañará al agente Valenzuela adonde lo lleven, que no dejará que algo le pase.

Pero no es necesario. Desde su rincón ve cómo el policía le devuelve el documento al hombre que torturaba. Muchas gracias, o algo como eso parece decirle, y así el hombre que torturaba recibe su carnet y lo guarda en la billetera. Esta vez sí cruza una mirada con el abogado. Lo hacen desde lejos, es una confirmación breve, pero certera, dando a entender que han pasado la prueba, que al parecer todo funciona como se planificó.

El policía cierra la lista y se va a una oficina. Los pasajeros esperan que el equipaje termine de ser revisado para volver al bus. Hace frío. El hombre que torturaba enciende un cigarrillo. El abogado, desde lejos, hace lo mismo. Quizá hay un lugar donde comprar un café. Quizá ya lo compraron. Quizá beben de su vaso plástico mientras cada uno imagina lo que se viene. Un vuelo a Buenos Aires, una reunión con los contactos argentinos, luego otro vuelo a Francia para aterrizar en una vida nueva, en un lugar donde por fin pueda sacarse de encima el olor a muerto y dejar atrás aquel cuervo majadero que lo acompaña a todas partes con su Nevermore.

Desde la oficina de Policía Internacional se escucha el nombre falso del hombre que torturaba. El policía se ha asomado y lo llama nuevamente. Es su nombre, puede escucharlo por segunda vez con claridad. No es una fantasía pesadillesca, ni una arbitraria invención mía para darle más suspenso a la escena. Es la pura realidad. Por alguna razón el policía lo está llamando únicamente a él. Sólo a él, a ningún otro pasajero más.

El hombre que torturaba y el abogado se miran.
Ambos palidecen frente al llamado.

Ya sin tranquilidad ni disimulo, el hombre que torturaba apaga su cigarrillo y se acerca al policía. La imagen de una tumba con su nombre se le cruza por la cabeza mientras saca nuevamente su carnet falso del bolsillo de la chaqueta. Andrés Antonio Valenzuela Morales está escrito en una lápida lúgubre y abandonada que él puede ver claramente en algún cementerio del futuro. O quizá no es una lápida y es sólo su cuerpo desnudo y acribillado yéndose por la corriente del río.

Con ninguna tranquilidad, y menos disimulo, el abogado observa al hombre que torturaba y al policía. Ambos intercambian palabras que no alcanza a escuchar. Intuye que ha llegado el momento de intervenir. Siente deseos de vomitar, quizá la vista se le nubla. No piensa en una lápida ni en su cuerpo acribillado, simplemente el futuro ha dejado de tener imágenes. Atrapado por esa sensación de vacío, camina hacia el hombre que torturaba que sigue hablando con el policía. Los latidos acelerados del corazón le van pauteando los pasos, la respiración, los pensamientos. Soy abogado de la Vicaría, va a decir. No voy a dejar que le hagan nada al agente Valenzuela. Pero no alcanza a hablar cuando el hombre que torturaba vuelve a guardar su carnet en el bolsillo y con un gesto certero le pide que retroceda.

El abogado desvía su camino. No pierde la decisión ni la velocidad, sólo gira el paso y sigue adelante, como si se dirigiera a otro lugar. Entre tanto, el hombre que torturaba se despide del policía que vuelve a entrar a su oficina.

Dos cigarrillos se encienden con urgencia al mismo tiempo.

Uno va a dar a la boca del hombre que torturaba y el otro a la del abogado.

El nerviosismo comienza a liberar los músculos a medida que inhalan y exhalan el humo del tabaco. El hombre que torturaba no puede explicar lo que pasó, pero a lo lejos intenta dar señas de tranquilidad. La reserva de su pasaje se hizo dos veces, por eso su nombre falso figuraba dos veces en la lista de Policía Internacional. Un pequeño mal entendido que querían aclarar, nada de importancia.

El chofer da aviso para que suban al bus. Las maletas ya están arriba y todos los pasajeros vuelven a entrar. El hombre que torturaba y el abogado lo hacen por separado, sin mirarse, sin dar señas que puedan prestarse a interpretación. Cuando todos se encuentran en sus asientos, el bus parte y emprende su ruta, esta vez por territorio argentino. Chile queda atrás. Una inquietante sensación de libertad comienza a asomarse por cada uno de los poros de su piel, pero no quiere darse permiso para sentirla. Sabe que falta mucho todavía. Horas de viaje en bus y luego en avión. Años de vida. Prefiere distraerse mirando por la ventana. El paisaje se abre aún más luminoso. La nieve hace rebotar la luz y todo se vuelve blanco, como en esas películas absurdas donde la gente entra al cielo después de muerta buscando nuevas oportunidades.

¿Habrá una nueva oportunidad para él?

¿Podrá cambiar las sombras de las cosas que sucederán?

Quiere creer que sí, que tiene derecho a este cambio de piel. Pero mientras piensa, vuelve a ver por la ventana a aquel viejo y conocido cuervo que sobrevolando el bus chilla con más fuerza que nunca. Nevermore, escucha desde su asiento. Nevermore.

Vivo una vida nueva.
Me escondo del mundo en mi propia ratonera.
No uso correo electrónico, no doy mi dirección,
nadie conoce mis señas.
No sé cómo hizo usted para escribirme.
No sé cómo hizo usted para que su carta terminara llegándome.

¿Para qué quiere hacer un libro sobre mí?
He respondido tantas preguntas en el pasado.
¿Debo seguir respondiendo preguntas en el futuro?

No tengo mucho tiempo.
Sé que tarde o temprano van a llegar.
No importa dónde me esconda.
No importa el tiempo que haya pasado.
Va a ser muy rápido, quizá no me voy a dar ni cuenta.
Tendrán los ojos rojos de un demonio que sueña.
Me encontrarán aquí o donde sea,
y alguno estará dispuesto
a manchar sus pantalones con mi sangre.

Quizá sea usted misma.
Quizá ya lo hizo ahí en el futuro.

Nada es bastante real para un fantasma.

¿Qué más puedo decirle?
Recojo callampas en el bosque, leo por las tardes.
Y en las noches sueño con ratas.

ZONA DE ESCAPE

La recuerdo atrás, sentada en uno de esos bancos de madera de la última fila de la sala de clases. El profesor de ciencias naturales tomando la asistencia mientras se prepara para hablarnos del mayor Yuri Gagarin. O quizá no es él, y es la profesora de castellano, que nos tiene leyendo a Charles Dickens. O el profesor de matemáticas, o el de artes plásticas, o cualquier otro profesor de turno que lee nuestros apellidos en el libro de clases mientras todos escuchamos y respondemos a viva voz. Elgueta, presente. Fernández, presente. Y ella siempre después de mí en el listado. González, presente. Quince era su número de lista y su nombre completo podía leerse zurcido con hilo rojo en la solapa de su delantal cuadrillé: Estrella González Jepsen.

Eran tiempos de apellidos y de números. Uno era un poco eso, un apellido y un número en una larga lista de niños. Esa larga lista se unía a otra larga lista, y esa a otra larga lista más, y todas esas listas que eran los cursos del liceo se formaban los lunes muy temprano en el patio para abrir la semana con un acto cívico. Alguien se paraba adelante y daba un discurso breve según lo que la semana traería: el día del Carabinero, el día de las Glorias Navales, el día de la batalla de Maipú, el día del desastre de Rancagua o cualquier otra gesta heroica que viniera al caso, y luego se escuchaba una grabación por altoparlante con el Himno Nacional mientras se izaba la bandera. Todos cantábamos el himno con la estrofa de «Vuestros nombres, valientes soldados, que habéis sido de Chile el sostén» (risas entre todas las listas de niños más chicos por la palabra sostén). «Nuestros pechos los llevan grabados, los sabrán nuestros hijos también».

Supongo que nosotros éramos eso: nuestros hijos.

Mi liceo era un lugar extraño, mitad liceo y mitad colegio. Partió como un colegio para señoritas el año 1914, donde la entonces distinguida población del barrio Matta, en pleno Santiago Centro, ponía a sus hijas a estudiar con las monjas. El lugar tenía un gran patio con una gruta en la que figuraba la imagen de la Virgen del Carmen. Detrás de la Virgen, atravesando el patio completo, se elevaba una larga reja. Del otro lado de esa reja se podía ver un liceo en el que estudiaba la población no tan distinguida del barrio. Los vecinos menos platudos, que cada vez eran más ahí en Nataniel Cox con Victoria, tenían a sus hijos en el liceo, y del otro lado de la reja, las señoritas más pituconas le rezaban a la Virgen, que ni se enteraba que a su espalda había más niños.

Eran tiempos de rejas y de vírgenes también.

Pero el año ochenta todo cambia. El Ministerio de Educación de la época tiene la idea de descentralizar la administración de las escuelas y liceos, trasladándola a las municipalidades. Además de entregar patentes comerciales o permisos de circulación, además de preocuparse de los camiones de la basura, del aseo y ornato de las plazas públicas, de tapar hoyos en las calles, de regular las ferias comerciales y otras mil cosas, las municipalidades agregaron este nuevo ítem a sus gestiones: la educación. Se asignó entonces un subsidio estatal, que cada municipalidad administraba, y que no distinguía si la educación era entregada por escuelas privadas o por escuelas municipales, generándose así dos tipos de establecimientos subvencionados: escuelas municipales, donde la administración estaba a cargo de la municipalidad en la que se ubicaban, y escuelas particulares subvencionadas dirigidas por privados. Ambas obtendrían una cuota por alumno y por su asistencia. De esta manera mi liceo/colegio botó la reja del patio y mezcló a todos los alumnos para transformarse en un establecimiento particular subvencionado. Ya no hubo distinciones, fuimos todos iguales frente al Estado y por cada uno de nosotros llegaría una platita que cubriría nuestros gastos educacionales. Hace rato que el barrio había dejado de ser distinguido, ya no existían vecinos adinerados que pudieran pagar la matrícula y la mensualidad, entonces lo mejor era sumarse a este nuevo diseño de asistencia. Fue así como los cursos crecieron a casi cuarenta y cinco alumnos y ya ni sabíamos quiénes éramos los que estábamos en la sala. Un mar de niños, todos de uniforme, aferrados a nuestro número y a nuestro apellido para no naufragar.

No sé si González llegó antes o después de esta metamorfosis. Difícil recordar todas las caras, todos los nombres. Guardo una fotografía que aparece como una prueba de su presencia en ese tiempo. En ella debemos tener unos diez años y estamos una al lado de la otra junto al curso entero. González viste de grumete, lo mismo que yo. Llevamos un gorrito blanco de marino que dice Armada Chilena y nos han pintado un bigote con corcho quemado. Todos lucimos igual, los cuarenta y cinco, de uniforme azul, con gorrito marinero y bigote de hollín. Estamos sobre un escenario que ha sido decorado con papel lustre como un gran barco, y en medio de nosotros, Muñoz, con barba negra de algodón y un sable en la mano, da un discurso heroico. «Muchachos, la contienda es desigual», dice nuestro capitán y nosotros lo miramos con ojos patriotas. «Pero ánimo y valor. Nunca se ha arriado nuestra bandera ante el enemigo y espero que esta no sea la ocasión de hacerlo. Mientras yo viva, esa bandera flameará en su lugar, y si yo muero, mis oficiales sabrán cumplir con su deber. Viva Chile, mierda», termina Muñoz y se lanza al abordaje del barco enemigo. Todos los años, para el 21 de mayo, ejecutamos esta representación. Como en un *déjà vu*, nos toca morir nuevamente en la cubierta enemiga por nuestra patria y nuestro honor. Igual que el año pasado, y el antepasado, y el ante antepasado.

Me detengo en el recuerdo.

Aquí debiera hacer un nexo con el hombre que torturaba. Seguir la regla que yo misma he establecido y develar el extraño y torcido vínculo que existe entre él y González, eslabones lejanos o cercanos de una larga y pesada cadena, como esa que arrastran las ánimas de Dickens o los prisioneros de una cárcel clandestina. Pero no lo haré. Enfocaré otras áreas de la pantalla. Extenderé los límites de la dimensión desconocida y seguiré de corrido esta historia de soldaditos y bigotes gruesos hechos con el hollín de un corcho quemado.

González era calladita. No hablaba mucho y si lo hacía no lo recuerdo. Se mantenía en la parte de atrás de la sala, medio escondida, escribiendo cartas en las hojas cuadriculadas del cuaderno de matemáticas, que después le pasaba a mi amiga Maldonado. Ellas se carteaban y se contaban cosas secretas e importantes en esas cartas, como por ejemplo el accidente que el papá de González había tenido hace un tiempo. El caballero era uniformado, un carabinero de la nación. Nadie lo conocía mucho, nunca iba a las kermeses, a las misas o a las reuniones de apoderados, pero algunos lo habían divisado una que otra vez y decían que era un hombre grande, canoso y medio callado, igual que González. El accidente que había sufrido era un accidente laboral. Un policía compañero de él, por casualidad, tomó una granada y, por casualidad, le sacó el pitutito. El papá de González, por salvarle la vida a su compañero policía, hizo algo, nadie entiende bien qué, y parece que tomó la granada con su manito izquierda y trató de tirarla muy lejos con su manito izquierda, pero antes de que lo hiciera la granada le estalló en su manito izquierda. Desde entonces que el papá de González, en lugar de manito izquierda, llevaba una mano de palo cubierta por un guante negro.

Eran tiempos de granadas y de manitos izquierdas también.

Los años pasaban lentos. El tiempo era pesado, con tardes eternas de televisión, de *Cine en su casa*, de *Sábados gigantes*, de *Perdidos en el espacio*, de *La dimensión desconocida* y de Atari jugando Space Invaders en patota. Las balas verde fosforescente de los cañones terrícolas avanzaban rápidas por la pantalla hasta alcanzar a algún alienígena. Los marcianitos bajaban en bloque, en un cuadrado perfecto, lanzando sus propios proyectiles, moviendo sus tentáculos de pulpo o calamar, pero siempre terminaban explotando como la manito izquierda del papá de González. Diez puntos por cada marciano de la primera fila, veinte por los de la segunda y cuarenta por los de más atrás. Y cuando moría el último, cuando la pantalla quedaba pelada, otro ejército alienígena aparecía desde el cielo dispuesto a seguir batallando. Entregaban al combate una vida, otra y otra más, en una matanza cíclica sin posibilidad de fin. Proyectiles iban y venían como en alguna gesta heroica de esas que celebrábamos con actos e izadas de bandera en el liceo.

Eran tiempos de proyectiles y de matanzas también.

En algún momento dejamos de ir a los actos de los días lunes. Nos quedamos en la sala escuchando de lejos lo que pasaba en el patio. Cuando el inspector nos obligaba a asistir, nos formábamos con el resto, pero ya no cantábamos la estrofa de «Vuestros nombres, valientes soldados». A cambio gritábamos «Que la tumba será de los libres y el asilo contra la opresión». Crecimos así, gritando la palabra libres y la palabra opresión a viva voz todos los lunes por la mañana, mientras organizábamos las primeras reuniones de nuestro centro de alumnos y nos animábamos a cruzar la puerta del liceo, a salir a la calle en manada, como quien se lanza al abordaje de un barco enemigo.

Eran tiempos de marchas y manifestaciones. Eran tiempos de revistas *Cauce* circulando de mano en mano. Eran tiempos de titulares sorprendentes. Tiempos de atentados, secuestros, operativos, crímenes, estafas, querellas, denuncias. Tiempos de fantasmas, también. De demonios bigotudos que daban su testimonio en una separata color celeste con el título de: Yo TORTURÉ. Tiempos de especiales sobre la tortura. Tiempos de cuartos oscuros y de mujeres encerradas junto a las ratas. Noches enteras soñando con esos cuartos oscuros y con esas ratas. Tiempos de rayados con spray en las paredes y panfletos que hacíamos en un mimeógrafo y luego repartíamos por las calles. Tiempos de lienzos, de asambleas, de petitorios, de reuniones de la Federación de Estudiantes Secundarios ahí en el galpón de la calle Serrano. Tiempos de las primeras militancias, de las primeras tomas, de las primeras detenciones. Tiempos de listas. Largas listas en las que buscábamos el paradero de los compañeros detenidos. Tiempos de parkas de pluma gruesas que nos protegían de los culatazos y patadas de los carabineros. Tiempos de limones, de sal, de olor a bomba lacrimógena, de chorros del guanaco, que no sólo mojaba y botaba, sino que también dejaba un hedor a podrido que no se lograba sacar de encima en varios días. Tiempos de dirigentes. Recuerdo a alguno de ellos parado arriba de una fuente de agua en el bandejón central de la Alameda, discurseando algo, dando instrucciones a la espera de que los pacos llegaran a sacarnos a punta de culatazos y de disparos al aire, como si hubiéramos sido marcianitos del Space Invaders. Éramos chicos. No teníamos quince años. Un ejército de alienígenas enanos, todos con bigotes pintados de hollín, liliputienses que nos tomábamos las calles y los liceos gritando con voces chillonas, agudas, reclamando, exigiendo el derecho a tener un centro de alumnos libre, pidiendo que bajaran el precio del pase escolar, que soltaran a los compañeros detenidos, que se fuera el tirano, que volviera la democracia, que el mundo fuera más razonable, que el futuro llegara sin cuartos oscuros, sin gritos y sin ratas.

González no participaba de nuestras nuevas actividades de guerrilla e inteligencia. Supongo que se quedaba en la sala, escribiendo cartas para Maldonado en esas hojas cuadriculadas, contándole cosas, como el viaje que había hecho con su papá a Alemania, por ejemplo. Después del accidente del pitutito y la granada, el papá de González no había quedado muy bien, entonces las Fuerzas Armadas lo enviaron a Alemania a hacerse algunas operaciones en su mano izquierda, que ya no existía, para que le quedara mejor el chonguito. González lo acompañó y conoció el muro de Berlín que dividía a los buenos y a los malos, y que se parecía tanto a esa reja que tuvimos instalada en el patio detrás de la Virgen del Carmen. Por supuesto González había estado del lado de los buenos, porque del otro lado era muy peligroso y no la dejaban pasar. Desde su vuelta del viaje comenzó a moverse como si pisara las calles de ese lado, del lado de los malos, y empezó a llegar a clases en un Chevy Chevette rojo, que era de su papá, pero que lo manejaba el tío Claudio, una especie de chofer o guardaespaldas que ahora la cuidaba. El tío Claudio la esperaba a la salida del liceo, sentado en el Chevy rojo, fumándose un cigarrillo, mirando detrás de sus lentes oscuros, con esos bigotes tan parecidos a los del profesor de ciencias naturales, tan parecidos a los del hombre que torturaba.

Cuando el timbre de fin de clases se escuchaba, González aparecía por la puerta, entraba al auto y el tío Claudio se la llevaba a su casa.

Algunos se subieron al Chevy rojo y conocieron al tío Claudio. Decían que era simpático, bueno para la talla y que hasta regalaba cigarrillos de su propia cajetilla. Yo una vez fui a dar una vuelta al Parque O'Higgins con el tío Claudio. González me invitó y nos subimos con Maldonado y ella en el asiento de atrás. Llegamos hasta el Pueblito y luego dimos un paseo largo. El Chevy era lindo y cómodo, con unos asientos de cuerina azul, suaves, brillantes, con un olor a menta que salía de un saquito de terciopelo que colgaba de las manillas de señalización. Nadie me ofreció cigarrillos, pero debo decir que el viaje estuvo bien y que el tío Claudio, que nos miraba por el espejo retrovisor, fue muy educado y cuidadoso, y que hasta nos abrió la puerta cuando nos bajamos del auto. González decía que el tío Claudio era una especie de ayudante de su papá, que era de su trabajo, y que como ahora las cosas estaban tan delicadas en el país, el tío la cuidaba y acompañaba, porque su papá con su manito izquierda de madera trabajaba mucho y su mamá tenía un hermanito recién nacido que amamantar. Así, el tío Claudio, con sus lentes ahumados y su Chevy rojo, se hizo parte del paisaje de esos años.

Eran tiempos de Chevrolet y de hombres bigotudos y de lentes oscuros también.

Una mañana de marzo del año 1985 escuchamos un reporte inquietante en la radio. El locutor relataba un hallazgo macabro, así decía. Tres cuerpos habían aparecido degollados en un sitio eriazo camino al aeropuerto Pudahuel. La policía y los detectives estaban llegando al lugar de los hechos, lo mismo que la prensa. Periodistas, fotógrafos, cámaras de televisión. El locutor hablaba de desconcierto. Gran desconcierto, así decía. Al parecer todo era confuso y extraño, pero a nosotros lo que más nos llamó la atención fue la palabra degollados porque no terminábamos de entender qué quería decir. Recuerdo que mi madre me lo explicó en detalle y que la palabra quedó rebotando por todas partes durante esos días. La vimos escrita en el titular de muchos diarios. La escuchamos por la radio, por la televisión, en las conversaciones de nuestros padres, de nuestros vecinos, de nuestros profesores. Los tres cuerpos fueron identificados en el Instituto Médico Legal como los de José Manuel Parada, Manuel Guerrero y Santiago Nattino. Los tres eran militantes comunistas y habían sido secuestrados hace pocos días. Parada y Guerrero se encontraban conversando en la puerta de un colegio parecido al nuestro cuando se los llevaron. Uno era inspector y el otro apoderado. A metros de ellos, en las salas de clase, había muchos escolares, liliputienses como nosotros, alienígenas de bigotes pintados con corcho, todos sentados en sus bancos, escuchando al profesor de turno, sin imaginar lo que estaba pasando en la entrada. Un grupo de carabineros detuvo el tránsito de la calle mientras un helicóptero rondaba los techos vigilando, y un par de autos, a lo mejor un par de Chevrolet sin patente, se detenían frente a la puerta del colegio. Un grupo de bigotudos de lentes ahumados se bajaron y se llevaron a punta de patadas y combos al inspector y al apoderado, así mismo como se habían llevado antes a José Weibel, al compañero Yuri, a Contreras

Maluje, a los hermanos Flores y a un sinfín de nombres más. Algunos niños que hacían educación física en ese momento lo vieron todo. No se supo más del inspector y del apoderado hasta que aparecieron degollados camino al aeropuerto Pudahuel.

Eran tiempos de cuerpos heridos, quemados, baleados y degollados también.

No tengo claro el momento exacto, pero sé que de golpe aparecieron ataúdes y funerales y coronas de flores, y ya no pudimos huir de eso. A lo mejor siempre había sido así y no nos habíamos dado cuenta. A lo mejor nos habían mareado con tanta tarea de historia, tanto acto cívico y representaciones de combates contra los peruanos. Recuerdo haber estado en el velorio de uno de esos degollados. Recuerdo un ataúd en un lugar al que no sé cómo llegué. Fuimos varios, todos vestidos con nuestros uniformes. Había muchas flores y velas y gente que se mantenía en silencio. En un momento apareció el hijo de uno de los muertos, un escolar igual que nosotros, con su uniforme puesto, con la insignia de su colegio en el pecho, y se ubicó junto al cajón durante un buen rato. Quizá dijo algo. Ya no lo recuerdo, pero lo que sí tengo claro es que el joven no lloró. Nunca en todo ese tiempo que permaneció junto a su padre en el ataúd lloró. Después, otro día, recuerdo una marcha multitudinaria rumbo al Cementerio General. Muchas voces gritando y canturreando consignas, haciendo exigencias, rezando por los muertos. La muchedumbre lanzando pétalos de flores a las carrozas fúnebres, miles de pétalos que lo cubrían todo como una lluvia de panfletos tirados a la calle. La multitud avanzando con banderas y pancartas. Llenábamos avenidas, cruzábamos puentes, caminábamos sin detenernos. Pero ya no sé cuál es el funeral que recuerdo. Puede ser el de los hermanos Vergara de la Villa Francia o el del joven quemado por una patrulla del Ejército, o el del cura que murió baleado en la población La Victoria, o el del joven que cayó acribillado en la calle Bulnes, o el del periodista secuestrado, o el del grupo asesinado el día de Corpus Christi, o el de los otros, todos los otros. El tiempo no es claro, todo lo confunde, revuelve los muertos, los transforma en uno, los vuelve a separar, avanza hacia atrás, retrocede al revés, gira como en un carrusel de feria, como en una jaula de laboratorio, y nos entrampa en funerales y marchas y detenciones, sin darnos ninguna certeza de continuidad o de escape.

Días después de que escucháramos la palabra degollados, González dejó de ir a clases. Pensamos que estaba enferma, pero su ausencia comenzó a durar demasiado. Los profesores no nos decían nada, Maldonado tampoco tenía idea de lo que pasaba. El teléfono de González no tenía tono, su casa estaba cerrada, no había cómo tener noticias de ella. De un día para otro González salió de nuestras vidas. Sin darnos cuenta comenzamos a acostumbrarnos a que su banco en la parte de atrás de la sala estuviera vacío. En la lista ya repetíamos como un mantra su ausencia. Elgueta, presente, Fernández, presente, González, ausente. No hubo más cartas en papel cuadriculado, no más tíos Claudio, no más Chevys rojos, no más González. Con el tiempo dijeron que se había cambiado de colegio, que se había ido a uno alemán, que ya no vivía en su casa, que toda su familia se había trasladado.

Eran tiempos de desapariciones y ausencias también.

El año 1994, mucho después, cuando ya no éramos parte del liceo, cuando nuestros uniformes ya no nos quedaban y habían sido guardados en algún clóset, la justicia chilena entregó su fallo en primera instancia por el secuestro y homicidio de los militantes comunistas José Manuel Parada, Manuel Guerrero y Santiago Nattino. El comando asesino fue condenado a cadena perpetua. En la misma pantalla televisiva en la que antes se jugaba al Space Invaders ahora vimos aparecer a los carabineros responsables de las muertes. Eran seis los agentes involucrados. Se les podía ver con claridad. Sus rostros desfilaron por la pantalla uno por uno.

Aunque lo conocíamos poco, no fue difícil reconocerlo. Su cara diez años más vieja no nos decía nada, pero esa manito izquierda de madera escondida tras un guante negro, sí. A su lado, el tío Claudio del Chevy rojo. El Pegaso, así le decían. El tipo declaró haber seguido las órdenes de su superior, don Guillermo González Betancourt. El tipo declaró haber apuñalado a uno de los tres hombres mientras su superior observaba desde su automóvil, un Chevette rojo.

Todos lo vimos en la pantalla del televisor. De alguna manera extraña sintonizamos al mismo tiempo la misma imagen.

A veces pienso en ese viaje que hicimos con Maldonado y González al Parque O'Higgins. Pienso en el Chevy rojo. El asiento de atrás con esa cuerina azul, suave, brillante. Imagino a alguno de esos tres hombres sentado ahí, viviendo los últimos minutos de su vida camino al aeropuerto Pudahuel. He buscado información para saber cuál de los tres viajó en el Chevy, si lo hicieron juntos o separados, si lo hicieron sentados en ese asiento en el que yo estuve, o si viajaron en la maleta, escondidos y amarrados como sé que estaban, pero cuando la encuentro rápidamente la olvido.

Un tiempo antes de esa visión televisiva, una mañana de octubre del año 1991, el teniente de Carabineros Félix Sazo Sepúlveda ingresa al Hotel Crown Plaza del centro de Santiago. Con rapidez el teniente se dirige al mostrador de las oficinas de Avis Rent a Car, donde atiende Estrella González Jepsen, la madre de su pequeño hijo. La joven Estrella, de veintiún años, se encuentra ofreciendo los servicios de la agencia para la que trabaja a un pasajero, cuando el teniente Sazo se detiene frente a ella y la apunta con su arma de servicio. Hace un tiempo que están separados. Al teniente le cuesta asumir esa separación. Por eso sigue a su mujer, la acosa telefónicamente, la amenaza como se amenaza a un enemigo, a un alienígena o a un militante comunista. Estrella, le grita con fuerza. Nuestra joven compañera apenas alcanza a mirarlo cuando recibe dos balazos en el pecho, uno en la cabeza y un cuarto en la espalda.

Como un marcianito del Space se desarticula en luces coloradas.

La joven Estrella se desploma en posición fetal falleciendo en el acto. Inmediatamente, el teniente de Carabineros Félix Sazo se pega dos tiros en la cabeza con su humeante arma de servicio y cae al suelo.

En la misma pantalla donde antes vimos *Perdidos en el espacio, Tardes de cine, Sábados gigantes* o *La dimensión desconocida*, nuestra compañera apareció en las noticias de la crónica roja.

Así se cierra esta historia, sin ninguna mención al hombre que torturaba y con la imagen de Estrella González Jepsen derribada por manos de un carabinero. La imagino de uniforme escolar, como la última vez que la vi en el año 1985. Obviamente no estaba así en el momento de su muerte, pero así quiero imaginarla. A su lado se encuentra el hijo de uno de los hombres degollados, tal cual como lo recuerdo en ese velorio, con su uniforme, de pie junto al ataúd de su padre, sin llorar. Los dos en el mismo escenario en el que los pone mi cabeza. Uno junto al otro, mirándose quizá. Quizá no. Son los hijos. Eso es lo que son.

Nosotros estamos a su alrededor. Todos nosotros tirados en el piso, con nuestros uniformes también, pero ahora viejos, canosos, pelados, guatones, arrugados, derribados como en nuestras representaciones del 21 de mayo en la cubierta del barco enemigo. Veteranos de una guerra antigua. Soldaditos de plomo chapoteando en un mar falso de papel lustre. El mar inmenso y oscuro de la dimensión desconocida.

Lo imagino en un pequeño departamento de un poblado francés. Quizá no es un departamento sino una cabaña. Un lugar sencillo, en medio de una aldea cercana a la frontera con Suiza. Una zona con pocos habitantes donde la policía francesa, que lo protege, puede controlar la entrada y salida de cualquier extraño. Lleva ahí apenas unas semanas. Está solo, no conoce a nadie y los vecinos hablan una lengua indescifrable. No puede leer los diarios, no entiende lo que hablan los locutores de las noticias, ni el chofer de la micro, ni el almacenero. Apenas si maneja la moneda y, aunque el poblado es pequeño, aún se pierde entre sus calles. Igual que el coronel Cook, de aquel viejo capítulo de *La dimensión desconocida*, el hombre que torturaba ha sobrevivido a su viaje por el espacio, pero su odisea contra la soledad y el miedo apenas comienza. Es un terrícola perdido en un planeta extranjero. Tras su salida de Chile por el sur, viajó a Buenos Aires y de Buenos Aires tomó un avión a París. Ahí estuvo un tiempo hasta que la Sécurité lo trasladó a este lugar que ahora es su lugar. Un territorio desconocido, pauteado por un tiempo muerto y sin traducción.

Me cuesta imaginarlo ahí.
Todo se desenfoca luego de su salida de Chile.

Sus palabras se quedaron acá, haciendo lo suyo en ese testimonio que dejó a la periodista y al abogado, pero el hombre que torturaba, tal cual como fue, se desdibuja. Se me borra su bigote, el contorno de su cara, su figura completa se destiñe, pierde el color, como esas viejas instantáneas setenteras de mi infancia. Me voy quedando sólo con retazos de su imagen, rastros sueltos de esta fotografía que vi en la portada de la revista *Cauce* y que ahora vuelvo a instalar en la pantalla de mi computador.

Mi rostro se refleja en el vidrio, mi cara se funde con la suya.

Me veo detrás de él, o delante de él, no lo sé.

Parezco un fantasma en la imagen.

Una sombra rondándolo, como un espía que lo vigila sin que se dé cuenta.

Creo que en parte soy eso: un espía que lo vigila sin que se dé cuenta.

Con esfuerzo lo imagino desayunando una mañana en su refugio. Es marzo de 1985 y algunos rayos del sol de invierno entran por una pequeña ventana. Unta un croissant en el café y hace el ejercicio de escuchar la radio aunque entienda poco, o casi nada. El locutor comienza un informe noticioso. Lo sabe porque ya reconoce la cortina musical que lo precede. Las palabras son sólo ruidos en el sonsonete inteligible de esa voz extraña. De pronto escucha que anuncian una noticia desde Chile. Lo entiende perfectamente. *Rapport du Chili.* El hombre sube el volumen de la radio como si en ese gesto activara alguna traducción instantánea. Acerca su oído al parlante y entremedio de un sinfín de frases incomprensibles escucha que repiten majaderamente la palabra *égorgés*. *Égorgés*, dice el locutor. *Égorgés*. Y de tanto escucharla deja de ser un ruido y toma carácter y peso. *Égorgés*, piensa él mismo y se pregunta qué querrá decir, lo mismo que nos preguntábamos nosotros cuando la escuchamos por primera vez en español dicha por la voz de otro locutor, uno chileno, a algunos cientos de kilómetros de distancia. *Égorgés*, escucha el hombre que torturaba en ese poblado distante donde lo han refugiado, mientras en Chile, en ese mismo momento o en otro anterior, pronuncian en varias radios la misma palabra en castellano: degollados.

El viejo cuervo chilla en esa ventana francesa.
El hombre sabe lo que eso significa.

Es 29 de marzo de 2016 y con mi amiga Maldonado caminamos por la calle rumbo a una ceremonia. Se cumplen años del secuestro de José Manuel Parada y Manuel Guerrero desde la puerta del Colegio Latinoamericano. En lo que antes era el frontis del colegio, y que hoy es la entrada a un moderno edificio de departamentos, se construyó un memorial en su nombre. El memorial incluye a Santiago Nattino, quien fue secuestrado un día antes y en otro lugar, pero que igualmente terminó asesinado junto a sus compañeros.

Mientras caminamos pensamos en González y en las cartitas que le escribía a Maldonado cuando éramos niñas. Pensamos también en nuestro paseo en el Chevy rojo de González y en el secreto y azaroso vínculo que, gracias a ella, nos emparenta con los hombres que hoy venimos a homenajear. Avanzamos recordando ese tiempo enrarecido en el que nos tocó crecer, y mientras lo hacemos yo no puedo sacarme de la cabeza una canción de Billy Joel. Es un tema que puso M hoy en la tarde mientras lavábamos platos y que estuvimos cantando y traduciendo obsesivamente por el puro gusto de hacerlo. A veces me pasa. Hay canciones que no puedo abandonar y se me quedan días o hasta semanas en el inconsciente. Esta es una de ellas. Se llama *We didn't start the fire* y va enunciando nombres de personajes de la historia, de la música, del cine, del deporte. Menciona libros también, películas, series de televisión o acontecimientos que marcaron al mundo desde la fecha en la que Joel nació hasta el momento en el que escribe la canción, a fines de los ochenta. Ordena todo cronológicamente y luego dispara sin mayores explicaciones, pero siguiendo la pista uno se hace una idea del mundo en el que creció.

Harry Truman, Doris Day, Red China, Johnny Ray.
South Pacific, Walter Winchell, Joe DiMaggio.
Joe McCarthy, Richard Nixon, Studebaker, Television.
North Korea, South Korea, Marilyn Monroe.
Rosenbergs, H. Bomb, Sugar Ray, Panmunjom.
Brando, The King And I and The Catcher In The Rye.

Y así voy conversando con Maldonado y tarareando el coro, sin querer, una y otra vez, como si todavía estuviera en la cocina lavando platos con M.

We didn't start the fire, no we didn't light it, but we tried the fight it.
Nosotros no empezamos el fuego. No lo encendimos, pero intentamos apagarlo.

Otro 29 de marzo, en una escena que ya imaginé, el hombre que torturaba y su equipo secuestraron a José Weibel mientras viajaba con su familia en una micro. Ellos se dirigían justamente al colegio que antes existía aquí, a dejar a sus hijos como todas las mañanas. Desde la puerta de ese colegio, once años después, otro 29 de marzo, se llevarían a Guerrero y a Parada al mismo centro de detención en el que José fue interrogado y torturado. Quizá fueron exactamente los mismos agentes. Quizá no. Pero sí eran parte del mismo grupo, el grupo en el que operaba el hombre que torturaba.

Ha llegado mucha gente a la ceremonia. Han cerrado la calle, instalado un escenario y dispuesto sillas que no alcanzaron para todos los que hemos venido. Con Maldonado nos ubicamos a un costado y tratamos de sintonizar con el acto que ya empezó. Un animador cuenta cómo fue la gestión de este memorial, habla de la oposición de algunos vecinos, de la negativa de varios funcionarios municipales. Mientras escuchamos veo a lo lejos a uno de los hijos de José Weibel. Lo reconozco porque es un periodista conocido que se ha dedicado al periodismo de investigación. Por estos días acaba de publicar un libro en el que destapa las malversaciones de fondos públicos hechas por el Ejército chileno en democracia. Cifras escandalosas que desaparecieron por arte de magia. Weibel hijo está sentado allá adelante, con su señora y sus niños. Debe tener mi edad o unos años más. Conversa animadamente con el hijo de Manuel Guerrero. Ambos ríen, parecen muy amigos. Un extraño hilo de coincidencias hilvana sus vidas a esta fecha y a esta esquina.

Guerrero padre debe haber reconocido el lugar donde lo llevaron ese 29 de marzo de 1985. Desde aquí fue trasladado, junto a Parada, a un recinto llamado La Firma, el mismo al que había ido a dar Weibel padre otro 29 de marzo, pero de 1976. Guerrero padre ya había estado ahí por esos años y había sobrevivido. El hombre que torturaba dice que él mismo participó también de esa detención antigua. El hombre que torturaba dice que ocurrió en Departamental y que desde ahí fue llevado a La Firma. Como en un *déjà vu*, Guerrero padre debe haber recordado aquella otra detención y su estadía en ese lugar el año 1976. Quizá pensó que si había estado ahí, en manos de esa misma gente, podría manejarse mejor en esta oportunidad. Quizá pensó que si se había salvado una vez, a lo mejor podría salvarse dos veces. Pero el reloj de la dimensión desconocida es implacable. No importa el año ni la fecha, sus minuteros encierran el tiempo ahí dentro, lo hacen girar en banda, avanzar hacia atrás, retroceder hacia delante, para terminar inevitablemente en el mismo lugar, ese lugar sin distancia de rescate posible donde fue a dar José Weibel y, once años después, el mismo Guerrero, junto a Parada y Nattino. Creo que ese extraño hilo de coincidencias que hilvana estas dos historias de secuestros, hijos, padres y muerte, hilvanó todo en esa época y en esa costura nos adhirió aquí, a esta esquina donde participamos de una ceremonia.

Un grupo de niños canta en el escenario. Desafinan, vuelven a empezar. Al otro lado de la calle, entremedio de la gente, veo a mi amiga X y a su hijita L. También diviso a F y a su madre, que alcanzaron sillas y escuchan sentados cómodamente, mientras atrás creo ver a la pequeña S encaramada en los hombros de su padre N. Rondando el escenario, mis amigos documentalistas graban con su cámara porque trabajan en una película sobre Guerrero hijo. Son muchas las caras conocidas en esta esquina. Podría nombrar a H, a R, a C, a E, a todo un gran abecedario, el listado completo de un curso que se ha dado cita esta noche. A varios no les sé ni el nombre, pero los conozco de otras ceremonias como esta, de otras velatones, de marchas antiguas en las que sus caras se han ido pegando a mi mala memoria, lo mismo que esta majadera canción que no logro sacarme de encima.

We didn't start the fire. No we didn't light it, but we tried to fight it.

El hombre que torturaba dice que no se arrepiente de haber hablado. El hombre que torturaba dice que no se arrepiente de haber llegado a la oficina de la periodista esa mañana de agosto de hace tanto tiempo. Su vida no ha sido fácil después de eso. Recluido en su escondite francés las ratas y los cuervos lo han acechado. Sé que desde su llegada a Francia tuvo reuniones con muchas personas. Sé que la Sécurité lo trasladó a París cada vez que alguien solicitó su testimonio. Pactó horas, recorridos, secretos puntos de encuentro. Sé que reconoció enemigos, sé que más de alguna vez tuvo que huir víctima de la paranoia o de una real persecución. Sé que siguió identificando fotografías. Sé que se encontró con abogados, con jueces, con familiares de víctimas. Hasta regresó a Chile a testimoniar en tribunales hace muy poco. Y así, en treinta años, su vocación de testigo ha seguido intacta. Pese al miedo, la paranoia y la distancia, volvería a hacer lo mismo, dice, si el tiempo enloqueciera como en aquellos años y se detuviera y regresara para volver a ponerlo en la misma situación.

Sin embargo hay una cosa que le remueve la conciencia sobre ese testimonio que entregó, así dice. Algo que intentaría modificar o manejar con mayor prevención para que no hubiesen daños colaterales. Para que el hilo con el que hilvanó sus palabras no se hubiera enredado en los nombres de Parada, Guerrero y Nattino.

La hija de Parada y el hijo de Guerrero se suben al escenario. Ella se parece mucho a su padre; él, al suyo. Ambos agradecen, en nombre de sus familias, la iniciativa del memorial. El grupo que lo gestionó es un colectivo de jóvenes que probablemente no había nacido cuando ocurrió todo. Guerrero hijo lee una carta que su propia hija ha enviado desde Europa donde se encuentra estudiando. Es un mensaje para todos, porque no quiere estar ausente pese a la distancia. Habla de la herencia que la vincula a esta esquina y del desafío de mantener la memoria activa. Mientras Guerrero hijo lee la carta, pienso que este memorial y toda esta ceremonia es para ella. No para su abuelo y sus compañeros, no para sus padres, no para nosotros, sino que para ella y para los niños del coro. Para los hijos de Weibel hijo. Para L, la hijita de X. Para S que mira todo desde los hombros de su padre N. Para mi propio hijo, que aburrido de seguirme a ceremonias como ésta, hoy no me acompaña.

Cuando el hombre que torturaba habló en la oficina de la periodista, ella supo que esa información era extremadamente delicada. Por eso decidió confirmar cada mínimo detalle de ese testimonio antes de su publicación. Así contactó a su amigo José Manuel Parada, militante comunista igual que ella, y encargado del Departamento de Documentación y Archivos de la Vicaría de la Solidaridad. Él era la persona más adecuada para ayudarla en el análisis del material de la entrevista porque pocos manejaban tanta información sobre los aparatos represivos. A diario, José Manuel Parada recibía testimonios de secuestro, tortura, desaparición y otros atropellos. Él sugirió sumar a este trabajo a Manuel Guerrero, persona de toda su confianza, que podía triangular la información de la entrevista con su propia experiencia como detenido por el equipo del hombre que torturaba. Quién mejor que él, que estuvo ahí y sobrevivió, para ayudarlos.

Sumergidos en esa zona oscura, los tres analizaron las largas horas de grabación del testimonio. Pasaron meses navegando entre las pesadas y densas palabras del hombre que torturaba. Cada texto era hilvanado con un hilo pegajoso que se adhería a sus cuerpos y los iba enredando. Mensajero del otro lado del espejo, todo lo que acarreó desde ese inquietante lugar en el que estuvo parecía ser completamente cierto. La periodista, Parada y Guerrero fueron atando cabos, reconociendo nombres queridos en esa lista de muertos, asociando esos crímenes con otros, intentando reconstituir con ese material escenas de detención, de tortura, de ejecución, adivinando la identidad de los agentes detrás de cada chapa mencionada, haciendo calzar las piezas, desenmarañando una madeja que hasta el día de hoy es tan difícil de entender.

Una vez chequeada la información, la periodista, junto a Guerrero y Parada, decidieron que la entrevista sería presentada al *Washington Post*, en Estados Unidos, para luego entregarla con detalle a los Tribunales de Justicia chilenos. Para eso debían esperar que el hombre que torturaba saliera del país y estuviera a salvo, ese era el compromiso. Hasta que eso pasara, sus palabras transcritas desde esa zona oscura los mantendrían a todos, a ellos, al abogado, a él, pendiente de un mismo hilo.

Llevamos aquí cerca de una hora y el locutor comienza a cerrar la ceremonia. Ya han pasado por el escenario los familiares, las autoridades y varios cantantes. El acto de inauguración llega a su fin, pero queda abierta la invitación que todos los 29 de marzo se abre luego de los discursos y las palabras de afecto: ha llegado el momento de encender las velas. Ahora es más claro dónde hacerlo, ya no será una larga fila de llamitas desordenadas que ensucian la calle con su cera derretida, sino un fuego organizado alrededor del memorial. Con o sin autorización, en el frontis de un edificio o en la puerta de un pequeño colegio, con unos pocos acompañando o con un grupo enorme, como ahora, esta esquina vuelve a ser la misma cada 29 de marzo.

Un día apareció un sacerdote en la oficina de la periodista. Lo imagino con una larga sotana, sentado frente al escritorio, hablando pausadamente y con una sonrisa fija en su rostro, como tienen muchos religiosos. El cura decía venir de parte de la familia del hombre que torturaba. El cura decía que los familiares del agente sabían que él había conversado con ella y que desde entonces nunca más había vuelto a su casa. Por esa razón, él pedía un poco de compasión por la mujer y los hijos del hombre que torturaba. Por esa razón el curita pedía una pista de su paradero.

La periodista, lo sé, no lo imagino, no tenía idea dónde se encontraba el hombre que torturaba. Todo lo que pasara hasta que él saliera del país, ella por su propia seguridad lo desconocía. El encuentro en la plaza Santa Ana, el paseo en renoleta por los centros de detención, su escondite en un lugar de la Iglesia, sus intentos por sacar pasaporte, su salida a Argentina por el sur y todas aquellas escenas que he intentado imaginar no eran parte de la información que manejaba la periodista.

Ella se disculpó frente al cura y declaró no tener idea de lo que le estaba preguntando. Que no conocía a ningún Andrés Antonio Valenzuela Morales, dijo. Que difícilmente podía darle alguna información sobre su paradero. A lo que el falso cura respondió sacando una pistola por debajo de su sotana: Mira, concha de tu madre. O nos dices dónde está o te vas a arrepentir.

Toda la gente se ha trasladado al lugar del memorial. El escenario, las sillas, los micrófonos, han quedado atrás. Nos hemos desordenado y llegamos haciéndonos un espacio para encender una vela por cada uno de los tres homenajeados. Una llamita para Guerrero, otra para Parada y una última para Nattino. Maldonado y yo no hemos traído ni velas, ni encendedores, pero observamos todo y participamos del rito camufladas entre los que han venido preparados. Frente a nosotros, una niña le pregunta a su mamá si esto es un cumpleaños, si por eso se encienden velas. La mamá ríe y no responde, mientras Maldonado y yo vemos cómo se van sumando más y más velas en este gran pastel.

Es diciembre de 1984 y la periodista se encuentra con un amigo de completa confianza. Él se prepara para viajar a Estados Unidos y ella le ha pedido que traslade un documento de alta complejidad. Por su propia protección no puede decirle de qué se trata, pero en Estados Unidos será contactado para su entrega. Él ha aceptado la misión. En esos años los amigos de verdad aceptaban misiones como esa, entonces imagino a la periodista cosiendo el forro del abrigo de su amigo porque ahí ha escondido el documento con la entrevista al hombre que torturaba. La entrevista será recibida por el *Washington Post* para su futura publicación.

Días después, o quizá horas, no lo sé, el amigo de la periodista toma su avión. Se instala en su asiento y en cuanto cruza su cinturón de seguridad comienza a sentir una extraña sensación en la espalda, justo a la altura de sus riñones. Es un calor suave, pero algo molesto, que viene acompañado por la voz de su amiga. Que no saque el documento del forro de su abrigo, la escucha hablar en su mente. Que no lo lea, que no se entere de nada, que es lo mejor para él y para todos. Y el avión despega, deja atrás el suelo chileno, y él siente ese peso en su espalda. Ahora es un movimiento inquietante en el interior del abrigo, que no se ha sacado ni se sacará. Es como si anduviera trayendo un animal, un ser vivo que se moviliza de un lado a otro encerrado en su jaula. Y pasa un rato y la azafata le trae algo de comer. Él destapa el menú de la bandeja y con los servicios metálicos se sirve el arroz, la ensalada, los fideos, la carne, o lo que sea que le han servido, mientras siente esa presencia inquietante y piensa nuevamente que no debe sacar el documento del forro de su abrigo, que no lo debe leer. Y come. Y toma vino de su vaso. Y llega el momento del café y la azafata le retira la bandeja, pero él decide quedarse con el pequeño cuchillo metálico. Sin que nadie lo note, lo guarda en el mismo abrigo que sabe que no debe descoser. Que no saque el documento del forro, así le han dicho. Que no lo vaya a leer. Y mientras siente ese calor agobiante en la espalda, se toma el café y piensa en la alimaña que anda trayendo. Es un bicho peligroso, no cabe duda, algo como una rata o un cuervo, lo siente en sus riñones y ahora en sus omóplatos. Y luego pide un whisky. Y luego otro y otro más. O quizá no pide nada. Quizá sus pensamientos no logran distraerse con el alcohol y de un momento a otro explota en rebeldía. Sencillamente deja de soportar aquella presencia en su espalda y deja de dar crédito a esa vocecita majadera que le advierte lo que debe o no debe hacer. Y como ocurre en los cuentos infantiles, el protagonista se ve tentado a desobedecer la orden de su madre, de su padre, de su hermano mayor o de quien sea que le haya prohibido algo, y con el pequeño cuchillo metálico con el que comió descose el forro del abrigo y saca el documento, tal como le dijeron que no lo hiciera, y por entre medio de los papeles ve salir ratas y cuervos, y se espanta, y teme, y no quiere contaminarse con la tinta de impresión de este texto maldito, pero ya es tarde, ya está manchado, ya no puede evitarlo y lo lee, tal como le dijeron que no lo hiciera, y al hacerlo las palabras del hombre que torturaba salen pegajosas y densas desde la caja de Pandora, con todos los hilos en los que ya vienen enredados los nombres de Parada, Guerrero y Nattino.

El amigo de la periodista no podía creer lo que estaba leyendo.

El amigo de la periodista lloró en silencio, despacito ahí, en el asiento del avión.

Tanto nombre conocido, tanto muerto, tanto horror.

El amigo de la periodista se aferró al cinturón de seguridad porque supo que después de esa lectura caería al vacío para no volver a ser el mismo.

Recuerdo otro capítulo de *La dimensión desconocida*. En él, un solitario y pobre hombre encontraba un libro con una inscripción que prohibía su lectura porque quien la hiciera correría peligro de muerte. Obviamente el hombre se sintió tentado a abrirlo y a leer su contenido, pero antes de hacerlo quiso probar si la advertencia era cierta. El hombre le pasó el libro a un viejo conocido, sin decirle nada, y este comenzó a leer inmediatamente. La lectura de su contenido lo cautivó y el viejo conocido leyó y leyó por horas hasta que al terminar cayó muerto con una gran sonrisa instalada en su rostro.

El hombre que había encontrado el libro parecía muy impactado con lo que acababa de suceder. No satisfecho con la experiencia, volvió a tentar a la suerte y entregó el libro a otro conocido. La situación se repitió tal cual. Este otro conocido no se pudo resistir a la lectura y leyó y leyó, maravillado, hasta que cayó muerto con la misma sonrisa que había visto en el rostro del muerto anterior.

El hombre que encontró el libro maldito comenzó a ocuparlo como arma contra sus enemigos. Si alguien le cobraba dinero, si alguien se oponía a sus propósitos, el libro aparecía como una salvación. Todos leían y caían al suelo, y así su vida se fue transformando y dirigiendo bajo las pautas de ese libro que seducía y mataba.

El hombre que encontró el libro maldito se transformó en un millonario, dueño de una cadena comercial y de una mansión lujosa donde vivía con sus cuatro hijos y su platinada mujer. Un día, celoso y paranoico como siempre fue del escondite de su libro, decidió sacarlo de la caja fuerte en la que estaba y enterrarlo en un lugar oculto de su gran jardín. Lo que el hombre no calculó fue que uno de sus cuatro hijos lo observaba desde la ventana de su pieza.

Un día el hombre llegó a su casa y nadie apareció para recibirlo. Los niños no llegaron en bandada con besos y abrazos, su mujer platinada no se asomó. Sólo sus sirvientes le recogieron el abrigo y el sombrero. Cuando subió a su habitación descubrió a toda su familia acostada en su gran cama. Su mujer tenía el libro abierto entre las manos y a su alrededor los niños parecían escuchar lo que había sido una larga y satisfactoria lectura. Pero ya nadie escuchaba. Ya nadie leía. La familia del hombre descansaba en paz con una gran sonrisa en cada uno de sus rostros. Lo que fuera que habían leído los había transportado de una vez y para siempre a los oscuros dominios de la dimensión desconocida.

El amigo de la periodista se bajó en su escala de Caracas, Venezuela, con el documento escondido en el forro de su abrigo. Salió del aeropuerto y allí fue recibido por un grupo de amigos que inmediatamente se dieron cuenta de que algo le pasaba. El amigo de la periodista no pudo contener el secreto del documento y habló. Y por su boca salieron las espesas palabras del hombre que torturaba. Y por su boca salieron ratas y cuervos. Y el relato cautivó y envolvió a todos los que lo escucharon. Un periodista chileno presente en el grupo decidió publicar en Caracas la entrevista. No se pidió autorización a su autora, no se le preguntó siquiera, simplemente el testimonio salió publicado inmediatamente en un diario venezolano.

Lo que sigue se parece a ese capítulo de *La dimensión desconocida*.

Las palabras escritas con tinta peligrosa se vuelven contra su dueño.

Las palabras escritas con tinta venenosa se vuelven en contra del que las conozca.

Al conocer la publicación, el grupo del hombre que torturaba se aburre de buscarlo y decide terminar con todo. Allanan la imprenta de la AGECH, Asociación Gremial de Educadores de Chile, porque están seguros de que ahí pueden estar los originales de la publicación del testimonio. La imprenta estaba a nombre del artista gráfico Santiago Nattino. Ese mismo día lo secuestran y lo llevan a La Firma. Lo esposan a un parrón y ahí comienzan los interrogatorios y la tortura. Al día siguiente, el 29 de marzo de 1985, un día como hoy, siguen otra de las hebras de investigación que tenían. Otro detenido, en medio de otra sesión de tortura, en algún otro cuartel clandestino, había declarado que sabía que sus compañeros de partido José Manuel Parada y Manuel Guerrero trabajaban analizando el testimonio de un agente de seguridad. Siguiendo ese hilo el grupo del hombre que torturaba llega a esta esquina, a este mismo lugar, y muy temprano, con todos los niños en las salas de clase ahí dentro, con los propios hijos de Guerrero y Parada comenzando su día escolar, los secuestran desde esa puerta que ya no existe a punta de patadas y combos, y se los llevan a La Firma para torturarlos durante el día y la noche.

Deben haberles preguntado por el hombre que torturaba.

Deben haberles exigido su paradero.

El 30 de marzo de 1985, mientras todo el mundo los busca, mientras la prensa habla del secuestro, en una caravana que encabeza ese viejo Chevy rojo al que algún día me subí con Maldonado, un comando lleva a los tres detenidos camino al aeropuerto. Ahí van los compañeros del hombre que torturaba. Ahí va González, el carabinero de la mano de palo que asistía a las reuniones de apoderados de mi curso en el liceo. Los autos se detienen y los compañeros del hombre que torturaba hacen bajar a los tres secuestrados. Con un cuchillo los degüellan y luego dejan que sus cuerpos se desangren en el suelo. El país amanece con este «macabro hallazgo», así escuché la noticia en la radio del auto de mi mamá camino al liceo. Así recuerdo que dijo la voz del mismo locutor que hoy ha dirigido esta ceremonia que no se termina nunca.

La canción de Billy Joel tenía un video. En él, Joel toca con un par de baquetas sobre la mesa de una cocina cuando de pronto entra un matrimonio. Es una pareja de novios, como de los años cincuenta, que comienza su vida en ese lugar. Ellos no ven a Joel. Él es como un fantasma que viene del futuro y que los observa sin ser visto, testigo presente de todo lo que circula en esa cocina. Rápidamente aparece un niño, que es el hijo de la pareja. Y luego el niño va creciendo, se hace adolescente, luego joven, mientras las modas van cambiando, mientras a la cocina llegan electrodomésticos cada vez más modernos, y las ropas de la madre y el padre van evolucionando. Es una vida la que transcurre en esa cocina. Cumpleaños, graduaciones, fiestas, almuerzos, navidades, funerales. A veces se ven los titulares de un diario. A veces leen la revista *Life*. Se ve a Elvis en alguna foto. Se ven calendarios que van botando sus hojas mes a mes, año a año, y relojes que avanzan locamente. Y a veces la familia es otra familia. Porque las familias son todas muy parecidas y las épocas marcan a las familias y a las cocinas aunque ellas no se den cuenta. Y a veces, en el coro, Joel sigue tocando con sus baquetas sobre la mesa, pero atrás ya no se ve la cocina, sino una especie de ventana por la que se asoman imágenes de la historia del mundo en los años en los que a él le tocó crecer. Un hombre colgado con cadenas a un árbol que me hace pensar en Corea. Un hombre oriental disparándole a otro que me hace pensar en Vietnam. Detenciones, policías, soldados, cadáveres de alguna guerra. Y luego llamas que comienzan a entrar por la ventana hasta el lugar donde está Joel. Llamas que lo queman todo, porque no hay cocina, en ninguna parte del mundo, en ninguna época, que se salve del fuego de la historia.

Golpe Militar en Chile.
Muere el presidente Salvador Allende en La Moneda.
Detenciones masivas,
fusilamientos clandestinos,
juicios de guerra.
La Caravana de la Muerte recorre sur y norte.
Víctor Jara es torturado
y asesinado en el Estadio Chile.
El hombre que torturaba llega al AGA.
Los Quevedo, nuestros vecinos,
esconden panfletos en mi casa.
Mi abuela reclama asustada.

Se crea la DINA, Dirección de Inteligencia Nacional.
Se crea la SIFA, Servicio de Inteligencia de la Fuerza
     Aérea.
Detenciones selectivas, secuestros,
desaparecimiento de personas.
El hombre que torturaba
se une a los grupos antisubversivos.

Entro al liceo, uso por primera vez un uniforme
y una lonchera de lata.

Atentado al general Carlos Prats,
ex ministro del Interior de Salvador Allende.
Su auto explota en Buenos Aires.
En la calle Santa Fe asesinan a Miguel Enríquez,
líder del MIR.
Pinochet viaja al funeral de Franco.
Se crea la Vicaría de la Solidaridad.
Cadáveres en el Cajón del Maipo sin falanges,
sin huellas digitales.

Atentado a don Orlando Letelier en Washington.
Acto en el Cerro Chacarillas,
setenta y siete jóvenes suben con antorchas
y son condecorados por Pinochet.
El hombre que torturaba
es centinela en cuarteles clandestinos.
El Chapulín Colorado
se presenta en el Estadio Nacional,
voy a verlo y llevo mi chipote chillón plástico.

Secuestran a Contreras Maluje a cuadras de mi casa,
mi mamá ve la detención y luego
nos la cuenta a la hora de almuerzo.
El Quila Leo es asesinado.
El hombre que torturaba
llora a escondidas en su cuartel.

Se disuelve la DINA y se crea la CNI,
Central Nacional de Informaciones.

En las minas de Lonquén se descubren
los primeros cadáveres de detenidos desaparecidos.
Don Francisco anima la primera Teletón,
con un grupo de amigas
hacemos una pijamada para verla
y estamos despiertas toda la noche.

Familiares de detenidos desaparecidos se encadenan
al Congreso Nacional.
Secuestran y matan al niño rubio Rodrigo Anfruns,
todos los niños tememos ser secuestrados
aunque no seamos rubios.

Se realiza el Plebiscito Nacional.
Se aprueba la nueva Constitución
que nos rige hasta el día de hoy.
Pinochet se traslada a La Moneda.
Incendio en la torre Santa María.
Se inaugura el centro comercial Apumanque.
Asesinan al ex presidente Eduardo Frei
en la clínica Santa María.
Asesinan al dirigente sindical Tucapel Jiménez.
Comienzan a circular las revistas de oposición
entre mis compañeros del liceo.
Leo el especial sobre la tortura y sueño con ratas.

Crisis económica en Chile,
mis tíos R y M se van a Miami escapando de las deudas.
Inauguran el centro comercial Parque Arauco.
Familiares de detenidos desaparecidos
encienden velas frente a la Catedral,

veo las llamitas apagarse
con el chorro de agua del guanaco.

Se realiza la primera protesta nacional.
Muere el intendente de Santiago Carol Urzúa
en un atentado,
en represalia acribillan a cinco integrantes del MIR
en las calles Janequeo y Fuenteovejuna.
Mi suegra cierra la puerta con llave
al sentir los disparos.
M escucha todo desde el piso trece.
El hombre que torturaba
llega con los pantalones sucios de sangre a su casa.
Su mujer se da cuenta.

El Frente Patriótico Manuel Rodríguez
comienza sus actividades
con un primer apagón generalizado,
mi abuela compra velas por docenas.

Nueva protesta nacional.
Pinochet es apedreado en Punta Arenas.
Familiares de detenidos desaparecidos
siguen encendiendo velas frente a la Catedral,
veo las llamitas apagarse
con el chorro de agua de otro guanaco.
El hombre que torturaba
llega a las oficinas de la revista *Cauce*.
Quiero hablar, dice.

Matan al sacerdote André Jarlan
en la población La Victoria.

El hombre que torturaba
se esconde en un local de la Iglesia Católica.
Sus superiores lo buscan.
Declaran Estado de Sitio,
la prensa de oposición no puede circular.
El hombre que torturaba sale de Chile.
El hombre que torturaba se asila en Francia.
Los Prisioneros lanzan *La voz de los ochenta*.
Nuevo terremoto en la Zona Central.

Los hermanos Rafael y Eduardo Vergara Toledo
son asesinados por una patrulla de carabineros.
Camino a Pudahuel
encuentran los cuerpos degollados
de Santiago Nattino, Manuel Guerrero y José Manuel
    Parada.
Vamos a su velorio, vamos a su entierro.
Nueva protesta nacional,
tiramos panfletos en el centro de Santiago.
Leemos en la portada de una revista *Cauce*
un titular que dice: Yo Torturé,
concluimos que el torturador
se parece a nuestro profesor de ciencias naturales.

Estrenan *Volver al futuro*.
Marty McFly rompe las barreras del tiempo
y el espacio y viaja al pasado.
Pasa el cometa Halley.
Un vidente dice comunicarse
con la Virgen en Peñablanca.
En Francia, el hombre que torturaba sigue declarando
desde su escondite.

Nueva protesta nacional,
tiramos más panfletos en el centro de Santiago.

Muere quemado por una patrulla de militares
el joven fotógrafo Rodrigo Rojas de Negri.
Velatones, jornadas de reflexión, marchas.

Sábados gigantes debuta en Estados Unidos.
Atentado a Pinochet
por el Frente Patriótico Manuel Rodríguez,
Pinochet se salva y dice haber visto a la Virgen.
Asesinan al periodista Pepe Carrasco.
En Francia, el hombre que torturaba sigue declarando
desde su escondite.

El Papa visita Chile.
Vamos al Estadio Nacional a verlo,
vamos al Parque O'Higgins a verlo.
Nos apedrean y nos moja el guanaco.
Cecilia Bolocco gana el título de Miss Universo.
Mueren en la Operación Albania
doce miembros del Frente Patriótico Manuel Rodríguez.
Velatones, protestas, marchas.
Reuniones de la Pro Feses
en un galpón de la calle Serrano.

Setenta y siete actores son amenazados de muerte.
Superman visita Chile en apoyo a sus colegas.
Vamos a verlo al galpón de Matucana.
Secuestran a la mamá de una compañera.
Días después aparece con los pezones cortados
con una hoja de afeitar.

En Francia, el hombre que torturaba sigue declarando
desde su escondite.

Familiares de detenidos desaparecidos
encienden y encienden velas frente a la Catedral.

Se crea la Concertación de Partidos por el No.
Muere el poeta Enrique Lihn.
Pinochet es declarado candidato presidencial.
Comienza la campaña por el No.
Comienza la campaña por el Sí.
Marchas, concentraciones, guanacos, detenciones.
Plebiscito en Chile.
Se vota Sí por la continuidad del régimen,
Se vota No por la interrupción del régimen.
Gana el No.

Familiares de detenidos desaparecidos
encienden velas frente a la Catedral.

Entro a estudiar
a la Escuela de Teatro de la Universidad Católica.
Rod Stewart canta en el Estadio Nacional.
El Cóndor Rojas se corta la frente
en el Estadio Maracaná.
Asesinan al dirigente del MIR Jécar Neghme
en la calle Bulnes.
Cae el Muro de Berlín.
Estrenan *Volver al futuro 2*.
Marty McFly rompe las barreras del tiempo
y el espacio y viaja al año 2015 a salvar a sus hijos.

Familiares de detenidos desaparecidos
encienden velas frente a la Catedral.

Elecciones presidenciales,
gana el candidato de la Concertación de Partidos por
    la Democracia,
Patricio Aylwin Azócar.
Acto por la democracia en el Estadio Nacional.
Conseguimos entradas y vamos en grupo.

Familiares de detenidos desaparecidos
encienden velas frente a la Catedral.
Confían en que ahora sí sabrán
el paradero de sus familiares.

El Congreso reinicia sus actividades.
Concierto de David Bowie en el Estadio Nacional.
Conozco al Duque Blanco y quiero ser como él.
Amnistía Internacional organiza dos conciertos.
Veo en vivo a Sinéad O'Connor
y también quiero ser como ella.
Meses después decido raparme.

Los restos de Salvador Allende
son trasladados al Cementerio General
con honores de Estado.
Espectacular rescate
del lautarista Marco Ariel Antonioletti
desde el hospital Sótero del Río.
Horas más tarde es asesinado de un tiro en la frente
por la brigada de asaltos de la PDI
en la casa del concertacionista Juan Carvajal.

Ejercicio de enlace del Ejército
en respuesta a la investigación judicial
de los pinocheques.
Tres mil quinientos cincuenta denuncias
por violaciones a los derechos humanos
son detalladas en el Informe Rettig.
El presidente Patricio Aylwin
pide disculpas a los familiares de las víctimas
por los atropellos sufridos.
Se anuncia que habrá justicia
en la medida de lo posible.

Familiares de detenidos desaparecidos
encienden velas frente a la Catedral.
Siguen esperando respuesta
sobre el paradero de sus familiares.

Estrenan *Volver al futuro 3*.
Marty McFly rompe las barreras del tiempo y el espacio
y viaja al pasado para intentar corregir el futuro.

El Frente Patriótico asesina a Jaime Guzmán
a la salida del Campus Oriente
de la Universidad Católica.
Vemos todo desde el paradero de la micro.

Fiestas Spandex en el Teatro Esmeralda.
El Frente Patriótico secuestra a Cristián Edwards,
hijo del dueño de *El Mercurio*.
Mueren acribillados dos frentistas
al salir de la casa donde mantenían de rehén a una familia.
Todo pasa en la esquina de la escuela donde estudio.

Erich Honecker y su esposa Margot
llegan pidiendo asilo.
Canonizan a Sor Teresa de Los Andes.
Boinazo cerca de La Moneda.
Comandos del Ejército se reúnen en traje de combate
presionando nuevamente contra la apertura del caso
pinocheques.

Familiares de detenidos desaparecidos
encienden velas frente a la Catedral.
Ya no hay guanacos, pero tampoco respuestas.

Tres lautaristas son asesinados
en la micro en la que huían luego de un asalto.
La policía mata a tres pasajeros y hiere a doce.
Eduardo Frei hijo gana las elecciones presidenciales.
Kurt Cobain se suicida en Seattle.
Se inaugura el Memorial del Detenido Desaparecido
y del Ejecutado Político.

Familiares de detenidos desaparecidos
encienden velas frente a la Catedral.

Recital de los Rolling Stones en el Estadio Nacional.
Con M tomamos nuestras mochilas
y nos vamos a recorrer el mundo.
Muere el escritor José Donoso a los setenta y dos años.
Espectacular fuga de cuatro miembros
del Frente Patriótico
desde la Cárcel de Alta Seguridad.
Un helicóptero se los lleva por los aires
colgando en un canasto.

Crisis asiática, Chile sobrevive porque somos
los jaguares de Sudamérica.
Más centros comerciales, más avisos publicitarios,
más tarjetas de crédito.
Más posibilidad de comprarlo todo a largo plazo.

Familiares de detenidos desaparecidos
encienden velas frente a la Catedral.

Pinochet deja la Comandancia del Ejército
y pasa a ser senador vitalicio en el Congreso Nacional.
El mundo se ríe de la democracia chilena.
El Partido Comunista
presenta la primera querella en contra de Pinochet.
El Chino Ríos se convierte en el tenista número uno
del mundo.

Pinochet es detenido en Londres,
el gobierno chileno intercede por él
pidiendo su liberación.
El mundo se ríe de la democracia chilena.

Familiares de detenidos desaparecidos
encienden velas frente a la Catedral.

Pinochet comparece ante un tribunal británico.
Vemos todo a través de dibujos
porque a los tribunales ingleses no entra la prensa.
Muere mi abuela antes de cumplir noventa años.
Fallece el cardenal Silva Henríquez,
creador de la Vicaría de la Solidaridad.
Jack Straw decide liberar a Pinochet
por problemas de salud.

Pinochet vuelve a Chile en un avión de la FACH.
Se levanta de la silla de ruedas en que lo traen,
rebosante de salud,
para saludar al Comandante en Jefe que lo recibe.
El mundo se ríe de la democracia chilena.

Familiares de detenidos desaparecidos
encienden velas frente a la Catedral.

Asume Ricardo Lagos como presidente de la República.
Se abre una mesa de diálogo.
En cadena nacional se informa del destino final
de doscientos detenidos desaparecidos.

Familiares de detenidos desaparecidos
encienden velas frente a la Catedral.
Faltan nombres, dicen.
Faltan paraderos.
Siguen preguntando ¿dónde están?

El juez Juan Guzmán Tapia
pide el desafuero de Pinochet
para privarlo de su inmunidad como senador vitalicio
y enfrentarlo a las más de ochenta querellas en su contra.

Con M somos papás de un niño llamado D.
Atentado a las Torres Gemelas.
D come su primera papilla
mientras vemos caer las torres en la televisión.

La Comisión Nacional sobre Prisión Política
y Tortura entrega el Informe Valech,

con el testimonio de más de treinta y cinco mil
chilenos detenidos y sometidos a tortura.

Familiares de detenidos desaparecidos
encienden velas frente a la Catedral.
Siguen preguntando.
Siguen esperando.

D comienza a caminar y entra al jardín infantil.
Muere Roberto Bolaño
en el Hospital Vall d'Hebrón en Barcelona.
La Corte Suprema confirma desafuero a Pinochet.
Detienen a Manuel Contreras,
ex director de la DINA.
Su hija llora y se revuelca en el suelo.
Él se niega a ser detenido.

Familiares
de detenidos desaparecidos
encienden velas
frente a la Catedral.

Comienza la Revolución Pingüina,
movilizaciones de estudiantes secundarios por todo Chile,
tomas, marchas, huelgas de hambre
exigiendo mejores condiciones
para la educación pública.

Huelga de hambre de comuneros mapuches
en la cárcel de Angol.
Militarización de las comunidades mapuches.

Aplicación de la ley antiterrorista
creada por el gobierno de Pinochet.

Familiares
de
detenidos
desaparecidos
encienden
velas
en
la
Catedral.

Rodeado de su familia y sus seres queridos,
muere Augusto Pinochet en el Hospital Militar
a la edad de noventa y un años.
No cumplió nunca una condena judicial en Chile.
Escucho la noticia y choco en la carretera.
Al día siguiente voy a la aseguradora de mi auto.
Se encuentra al lado de la Escuela Militar
donde lo velan pomposamente.
Miles de fanáticos lloran
y hacen fila para despedirse del tirano.
El nieto del asesinado general Prats
espera pacientemente su turno
Luego de horas esperando, llega al ataúd y lo escupe.

*We didn't start the fire, not we didn't light it, but we tried
to fight it.*

Siento el olor de las velas consumiéndose en esta esquina. Reconozco ese humo antiguo pegado a mi piel, a

mi pelo y a mi mala memoria. Tufo incómodo con gusto a neumático quemado, a parafina, a barricada, a cientos de velas encendidas. Tantos años y no hay forma de sacárselo de encima. El tiempo no avanza. Presente, futuro y pasado se amalgaman en esta ceremonia que no es más que un paréntesis de humo pauteado por el reloj de *La dimensión desconocida*. Imagino que como los hijos de José Weibel, de Manuel Guerrero, de José Manuel Parada y de Santiago Nattino, debe haber otros hijos camuflados entre las llamas de las velas. Quizá está Yuri Gahona y su hermana Evelyn. Quizá todavía juegan con el viejo alfil blanco del ajedrez de su padre. Quizá está Alexandra también, la hija de Lucía Vergara, la pequeña Pitufina. Quizá vino con su propia hija y su pareja, porque sé que son madres de una pequeña niña. Quizá están los hijos del Quila Leo. Quizá están los hijos de Carol Flores. Quizá están los hijos de Arturo Villavela. Los de Hugo Ratier. Quizá está Mario, el niño hombre que perdió su casa que no era su casa y su familia que no era su familia ahí en Janequeo. El que se refugió en Suecia e inauguró allá una familia de verdad. Quizá está de vuelta con su mujer y sus hijos reales y andan todos por aquí, sumándose al festejo, respirando este humo pegajoso que sale de tanta vela encendida.

Busco a la pequeña niña que hace un rato se quedó sin la respuesta de su madre. Intento ubicarla, porque quiero decirle que sí, que esto es un cumpleaños, tal como ella imaginó. Celebramos esta fecha extraña y encendemos y encendemos estas condenadas velas desde hace demasiado tiempo. Como en un *déjà vu* eterno y aburrido, jugamos al juego del paréntesis y nos encontramos siempre aquí, con los ojos enrojecidos de tanto humo, iluminados apenas por la frágil luz de estas llamitas. Busco a la niña entre toda esta gente conocida porque quiero decirle que tiene razón, que esta es una fiesta, pero que es una fiesta de mierda. No merecemos cumpleaños como este. Nunca los merecimos. Ni ella, ni yo. Ni Maldonado, ni X y su hijita L, ni F y su madre, ni N y la pequeña S, ni M, ni D, ni Alexandra, ni Mario, ni Yuri, ni Evelyn, ni los hijos de nadie, ni los nietos de nadie.

Quiero decírselo, pero no la encuentro.

La niña ya no está.

Me tomo del brazo de Maldonado como cuando éramos chicas y jugábamos a que éramos viejas. Me afirmo de ella y ella de mí y comenzamos a inhalar profundo, a tomar todo el aire y el humo que nuestros gastados pulmones pueden almacenar, y cuando ya no podemos más, cuando sentimos que vamos a reventar, pedimos nuestros deseos calladitas y soplamos tan fuerte como podemos. Soplamos e intentamos apagar, de una vez y para siempre, con la fuerza de quien escupe un ataúd, el fuego de todas las velas de esta torta de mierda.

Tengo esta última escena que he decidido escribir. No es parte de ningún ejercicio imaginativo, sino más bien de la pura y doméstica realidad. En ella el agua corre en el lavaplatos mientras M y yo fregamos la mugre de la loza que se acumuló durante el día. M habla sobre *Frankenstein*. Ha estado releyendo el libro y ahora recuerda que al final de la historia el monstruo de Mary Shelley se va a esconder al Ártico, muy lejos del mundo, huyendo de sí mismo y de los crímenes que cometió. Es un monstruo, me dice. Sólo él conoce el horror de lo que hizo, por eso decide desaparecer.

Mientras enjuago tenedores y cucharas pienso que es cierto, el monstruo es un monstruo. Pero hay una salvedad: él no eligió ser lo que es. Fue parte de un experimento macabro. A punta de cadáveres el doctor Frankenstein le cosió un cuerpo y construyó un ser vivo incómodo con su propio olor a muerto.

M pasa la virutilla por el sartén sucio y me responde que eso explica sus acciones, pero no lo absuelve de haber sido un monstruo. En esa lógica todos los monstruos se justificarían con su propia historia.

Imagino el paisaje blanco del Ártico y a esa criatura, mitad bestia y mitad humana, deambulando por el vacío, condenado a la soledad y a ese olor que nunca dejará atrás porque es parte de sí mismo. El monstruo se arrepintió, insisto. Por eso termina escondido en el Ártico. ¿Ese gesto no tiene valor?

Puede tenerlo, dice M. Pero eso sólo lo convierte en un monstruo arrepentido.

Estimado Andrés,
en esa nueva vida que usted tiene,
esa que tanto me cuesta imaginar,
quizá ya no se esconde como antes.

Treinta años son suficientes
como para aprender a camuflarse.
Seguro ya está camaleonizado con el paisaje.
Seguro que su francés con acento chileno
ya no llama la atención.
Seguro que esta carta mía,
escrita en su lengua de origen,
con frases cortas y secas, como usted estila hablar,
le debe parecer un mensaje
trazado en un idioma indescifrable.

Sé que su bigote ha encanecido.
Sé que ahora ocupa lentes.
Sé que su mujer de entonces ya no es su mujer.
Sé que tiene contacto con sus hijos y sus nietos.
Sé que ha tenido varios trabajos.
Sé que maneja un camión.
Sé que está enfermo o lo estuvo.

Sé que por las tardes lee y recoge callampas.
Sé que Chile se le borronea un poco,
pero que su playa, Papudo, no.

Estimado Andrés, Papudo sigue siendo una linda playa.
Sobre todo ahora, que es invierno
y que somos pocos los que caminamos
por sus arenas negras.
En esta vida, que es la única que tengo,
he elegido este lugar para despedirme.

Frente a mí un perro corre solitario
huyendo de las olas.
Ladra y espanta a un grupo de gaviotas.
El mar se revuelve con el viento.
Va y viene, como las escenas
que he intentado imaginar.

Escucho voces cada vez que revienta una ola.
Gritos de auxilio encerrados en botellas de vidrio.
Son cientos de botellas.
Quizá más.

A lo lejos creo verlo a usted fumando un cigarrillo.
Es joven, no lleva su bigote,
y probablemente todavía no entra al servicio militar.
Debe tener un par de años más que mi hijo.
Se ha detenido un momento y mira el horizonte
como si supiera que allá, del otro lado del mar,
le espera un escondite que terminará siendo su casa.

Mientras fuma se topa con una mirada intrusa.
Soy yo, que desde el futuro lo observo con ojo de espía.

Con un gesto educado
me hace una venia en señal de saludo.
Creo que sonríe y así se va caminando por la orilla.
No sabe quién soy.
No imagina el mensaje que traigo
desde las navidades futuras.

El aire es fresco aquí en Papudo.
Comeré almejas y meteré mis pies en el helado mar.
Pero eso será mañana, hoy ya anochece
y las estrellas han empezado a asomarse.

Estimado Andrés,
en esa nueva vida en la que recoge callampas
y lee por las tardes,
probablemente usted estará acostado,
soñando, despierto o dormido, con ratas.
Con piezas oscuras y con ratas.
Con mujeres y hombres que gritan,
y con cartas que llegan desde el futuro preguntando
por esos gritos.

Cuando era niña me decían que las estrellas
eran las fogatas de los muertos.
Yo no entendía por qué los muertos
encendían fogatas.
Asumía que era para lanzar señales de humo.
Sin teléfono, sin correo,
¿de qué otra manera podríamos comunicarnos?

Mi fogata se ha extinguido aquí en la playa.
Soy una sombra desenfocada a la luz de las brasas.

Tomo un carbón apagado
y me pinto un par de bigotes gruesos.
Es un gesto aprendido de niña,
creo que fui entrenada para esto.

Vocación de médium y de tira.

El humo enrojece mis ojos.
Así avanzo, lagrimeando en punta y codo,
por la arena negra de Papudo.
Arrastrándome llego hasta su almohada.
Me cuelo en su sueño y escribo con un corvo
las palabras que usted me ha dictado,
para que queden resonando
como señales de humo lanzadas al infinito.

Esta es una posta de información y de humo.

De pesadillas compartidas.
De piezas oscuras.
De relojes detenidos.
De dimensiones desconocidas.
De ratas y cuervos que aún chillan.
De bigotes pintados con hollín.

Y vendrá el futuro
y tendrá los ojos rojos de un demonio que sueña.

Usted tiene razón.
Nada es bastante real para un fantasma.

PAPUDO, V REGIÓN, JUNIO 2016.

Índice

Zona de Ingreso 13

Zona de Contacto 57

Zona de Fantasmas 121

Zona de Escape 177